U0112566

苦闷的象征

［日］厨川白村 著

鲁迅 译　　陈智仁 编校

江苏凤凰文艺出版社

JIANGSU PHOENIX LITERATURE AND
ART PUBLISHING

导读

《苦闷的象征》是日本文艺理论家厨川白村的作品。1924 年由鲁迅先生译介到中国，并且在他教书的时候，将此书作为北京大学、北京师范大学、北京女子师范大学上课的教材。

苦闷的象征，即生命力受了压抑而生的苦闷懊恼乃是文艺的根柢，而其表现法乃是广义的象征主义。这是厨川白村对文艺作品本质的概括。这一说法影响了中国现代文学史上的一批作家，如：郁达夫、田汉、丰子恺等，均曾经在各自的作品中提及。

全书共四章，分别讲述了文艺的消解疏散苦闷功能、如何在个人身上发挥作用、如何在时代和整个社会发生作用、重要到何种程度。

第一章讲述的是苦闷如何在创作者身上发挥作用。文艺创作就是造一个梦来治愈自己。

第二章讲述的是苦闷如何在鉴赏者身上发挥作用。文艺作品欣赏就是进入别人的梦来治愈自己。

第三章讲述的是苦闷如何在对时代和环境发挥作用。

阐明文艺家是先知，文艺作品是启示。

第四章溯源到原始人，讲述苦闷如何在原始人身上发挥作用，阐明文艺创作的心境就是原始人面对无法控制的大自然时的心境。

可惜1923年厨川白村因为海啸不幸逝世，本书戛然而止。厨川白村扩大了文艺这个词的范畴，不仅是文学、剧作、雕塑、图画等，还包括了祈祷祭祀，更加点明了文中他的观点"在文艺里，有人类生命的一切，不只是善恶美丑。"

第二章对我们普通读者来说尤其有用，很多文艺理论作品的重点都放在了创作者方面，而忽略了同等重要的"鉴赏者"。很多时候"鉴赏者"自嘲是文学艺术的门外汉，以为艺术鉴赏是很高深的活动，"看不懂"；或者只能模模糊糊地感受到看到一幅画、读完一本好书时内心的狂喜，而不知原因，无法与外人道，只是因为没有相关的表达依据。而这本书不仅为创作者，也为"鉴赏者"而作，由此构筑了一个艺术作品的完整流动。

在此借用邓晓芒教授的美学定义：艺术是情感的对象化，美是对象化的情感。这两句类似的话，表述的主题是截然不同的。艺术是情感的对象化，意味着把自己的情感移入对象，以引起欣赏者的共鸣。美是对象化的情感，是在（移入了别人的情感的）对象身上看到了自己的情感，发出共鸣。这是无须谋面的双方的情感辨认，所以共鸣，所以美。所以，邓老的总结是：审美活动就是借助一个对象在人与人之间传达情感的活动。

厨川白村不仅阐述了这样的观点，而且提出了促成的工具——象征。"文艺和梦一样，是取象征的表现法的。"鲁迅先生的创作便是在苦闷中不停战斗，"地上本没有路，走的人多了，也便成了路。"

情感可以流动的基础是，人与人之间有着共同共感性。而艺术的鉴赏，就是创作者的体验与鉴赏者产生了共鸣。正因为两个个体的经验互相辨认出对方，所以"赏味诗歌的时候，我们自己也就已经是诗人了"。

笔者在北大攻读美学课程的时候，向勇教授的一句话曾点醒很多同学。他说，"艺术，只为世界上懂你的那个人。"所谓鉴赏者，就是在他之中发现我，我之中看见他。"艺术有什么用"这个问题，一定程度上也是对"艺术对我这个人有什么用""我这个人活着有什么用"这类问题的思索，是非常朴素且真挚的反思。人的生活体验是随着年龄和空间徐徐丰富的，所以人的审美趣味、阅读偏好亦随之变化。什么是反思？就是从别人身上反过来看自己。人无法看到自己，而他人是自己的一面镜子。你无法亲眼见证他人的经历，但是你可以识别出自己的同类，无论古今，无问西东。文艺作品便是这样的镜子。

《苦闷的象征》还与精神分析学、性心理学等当时的新兴学科的成果结合起来，扩大了"文艺"的范畴，回归到了"人"本身。文艺创作理论书中，这一主题的作品有很多，但基本都是大部头学术著作甚至是学术著作系统。像《苦闷的象征》这样以五万字的篇幅，把这个主题阐述清楚的，似乎并不多见。

这本书在中国的传播，鲁迅先生的译文是最关键的桥梁，也是其公认的不可替代的组成部分。但是，由于时代的距离，学术研究的发展，和中文的演化，鲁迅先生译文中的一些关键词语已经给当代读者带来了阅读困难，它们或者已经不再使用，无法理解；或者外形在使用却已经完全指向了另外的含义，带来误读；或者与当代通用译法很难对号入座。这在很大程度上限制了这本书的影响力。

在这个版本的编辑过程中，我们以 1929 年改造社《厨川白村全集》第二卷为底本，经过对译文、原文、关键词语相关学术著作的反复阅读和对照，决定斗胆且谨慎地对鲁迅先生的译文进行最低限度的修订。所涉及的，主要是上一段所说的三种情况，标准有两条，一是原汁原味地保留鲁迅先生对这部作品的翻译和理解，二是让当代读者可以流畅无障碍地阅读。

比如，文中提到的人名、书名、地名与现行译法差别很大，因此修改为现行通用译法：A. Schopenhauer，勖本华尔，修改为叔本华；Bernard Shaw，培那特萧，修改为萧伯纳；S. Freud，弗罗特，修改为弗洛伊德；A. Adler，亚特赉，修改为阿德勒；W. von Goethe，瞿提，修改为歌德；Macbeth，《玛克培斯》，修改为《麦克白》；Mona Lisa，《穆那里沙》，修改为《蒙娜丽莎》；Hamlet，《哈谟列德》，修改为《哈姆雷特》；图列息大学，修改为苏黎世大学……诸如此类，均在附录以译名对照表形式收录与呈现。

再比如，部分学术专有名词，由于学术研究的发展，目前已有基本固定的说法。self-expression，"自己表现"，替换成"自我表现"；Einfühlung，"感情移入的学说"，替换成"移情说"；"地动说"，替换成"地心说"；Libido，翻译为目前固定的中文说法"力比多"，等等。这些专有名词已替换，并在附录里收录鲁迅先生译本保留的对应外文表达，以便需要的读者查阅。

《苦闷的象征》这部作品的价值，绝不应该只是作为一个曾经的时代符号被尊敬但是束之高阁，它应该被阅读，被理解，继续给创作者和阅读者带来影响和感动。

"人和文艺作品相接，而感到自己在活着。"
希望读者可以在这部作品中发现自己的欢喜。

陈智仁

2023.10.15

目 录

第一章

创作论

P11: 所以单是"活着"这事，也就是在某种意义上的创造或创作。

P19: 生命力受了压抑而生的苦闷懊恼乃是文艺的根柢。

一　两种力

有如铁和石相击的地方就迸出火花，奔流给磐石挡住了的地方飞沫就现出虹彩一样，两种力一冲突，美丽的绚烂的人生的万花镜，生活的种种相就展开来了。"No struggle, no drama"者，固然是布吕纳介为解释戏剧而说的话，然而这其实也不单是戏剧。倘没有两种力相触相击的纠葛，则我们的生活，我们的存在，在根本上就失掉意义了。正因为有生的苦闷，也因为有战的苦痛，所以人生才有活的意义。凡是服从于权威，束缚于因袭，羊一样听话的醉生梦死之徒，以及忙杀在利害的打算上，专受物欲的指使，而全然忘却了自己之为人的存在的那些庸流所不会觉得、不会尝到的心境——人生的深的兴趣，要而言之，无外乎由强大的两种力的冲突而生的苦闷懊恼的所产。我就想将文艺的基础放在这一点上解释起来看。所谓两种力的冲突者——

二　创造生活的欲求

将那闪电似的、奔流似的、蓦地、几乎是胡乱突进不息的生命的力，看为人间生活的根本者，是许多近代的思想家所一致的。那以为变化流动即是现实，说"创造的进化"的柏格森的哲学不待言，就在叔本华的"意志说"里，尼采的"本能论超人说"里，表现在萧伯纳的戏剧《人与超人》里的"生力"里，卡朋特的承认了人间生命的永远不灭的创造性的"宇宙的自我"说里，近来则如罗素在《社会改造原理》上所说的"冲动说"里，统可以窥见"生命的力"的意义。

生命的力永是不愿意凝固和停滞，避去妥协和降服，只寻求着自由和解放，无论有意识地或无意识地，总是不住地从里而外热着我们人类的心胸，就在那心胸的深奥处，烈火似的焚烧着。将这炎炎的火焰从外面八九层地遮蔽起来，巧妙地使全体运转着的一副安排，便是我们的外在生活，又名经济生活，也是作为名为"社会"的有机体一分子的机制生活。用比喻来说：生命的力者，就像在机关车上的锅炉里，有着猛烈的爆发性、危险性、破坏性、突进性的蒸汽力似的东西。机械的各部分从外而内将这力压制束缚着，而同时又靠这力使一切车轮运行。于是机关车就以所需的速度，在固定的轨道上前进了。这蒸汽力的本质，不外乎是若绝去了厉害的关系、离开了道德和法则的轨道，就几乎只是胡乱突进、只想跳跃的生命力。换句话说，这时从内部发出来的蒸汽力的本质的要求，和机械其他部分的本质的要求，是分明取着截然相反的方向的。蒸汽力是机关车的内在生命力，有着要爆发、要突进、要自由和解放的不断的倾向。相反，机械的外在部分却巧妙地利用了这力量，将其压制。拘束使那本来因为重力而要停止的车轮，反因这力，而在轨道上走动了。

我们的生命，本是在天地万象间的普遍的生命。但如这生命的力宿在某个人中，经了这个"人"而显现，就成为个性而活跃了。在里面燃烧的生命的力作为个性发挥出来的时候，就是人们为内在要求所催促，想要表现自己的个性的时候，其间便有真正的创造和创作。所以也就可以说，自己生命的表现，也就是个性的表现；个性的表现，便是创造的生活。人类在真正意义上的所谓"活着"，换一句话，即所谓"生的欢喜"（joy of life），就在这个性的表现、创造和创作里可以寻到。假使个人都全然否定了各各的个性，将这放弃了，压抑了，那就像排列着造成一式的泥人似的，一模一样的东西是没有活着这么多的必要的。从社会全体看，也是一样，个人若不各自充分发挥自己的个性，真正的文化生活便不成立，这已经是许多人说旧了的话了。

在这样意义上的生命力的发动，也就是个性表现的内在欲求，在我们的灵和肉的两方面显现为各种各样的生活现象。即有时为本能生活，有时为游戏冲动；或化身为强烈的信念、高远的理想、学子的知识欲、英雄的征服欲。如果化为哲人的思想活动、诗人的热情、感动、企慕而出现，便感动人最强最深。而这样的生命力的显现，带着这样的特征：超越了利害的念头，离了善恶邪正的估价，脱却道德的批评和因袭的束缚，一意只要飞跃和突进。

三　强制压抑之力

然而我们的生活不只是单纯的一条路的。想使那自由不羁的生命力尽量飞跃，以及如心如意地使个性发挥出来，社会生活却太复杂，就算在人自身的本性上，也含着太多的内部矛盾。

在称为"社会"的这一个大的有机体中，作为一分子要活着，必然便只好服从那强大的机制。我们不得不在从自己的内在迫来的个性的要求，即创造创作的欲望之上，再持续忍受一些什么压迫和强制。尤其是近代社会那样，制度、法律、军备、警察之类的压制机关都完备了，别一面，又有着所谓"生活难"的恐吓，于是不论有意识地或无意识地，我们都很难脱离这压抑。在减削个人自由的国家至上主义面前低头，在抹杀创造创作生活的资本万能主义膝下下跪，就实情而论，倘不将这些看作寻常事，是一天也活不下去的。

在内若有涌动的个性表现的欲望，相对地，在外就有社会生活的束缚和强制不绝的压迫。在两种力之间，苦恼挣扎着的状态，就是人的生活。这便是今日的劳动——不仅仅是筋肉劳动，连口舌劳动，精神劳动，无论什么，一想一切劳动的状态就了然。说劳动是快乐，已经是非常久远的话了。可以不为规则和法规所系缚，不被"生活难"所催促，也不受资本主义和机械万能主义的压迫，各人可以自由发挥个性的创造生活的劳动，说来若不是发生在过去，就是一部分的社会主义论者所梦想的乌托邦。要知道，无论做一个花瓶，造一把短刀，也可以注上自己的心血，献出自己的生命的力，用伺候神明似的虔敬心意来工作的社会状态，在今日的实际上，是绝对不可能的事了。

从今日的实际生活来说，劳动就是苦患。从个人身上夺去自由创造创作的欲望，使他在压迫强制之下，过那不能转动的生活的就是劳动。现在的状态是，人们若不在那用"生活难"当武器的机械、法则、因袭的强力威胁之前，先舍掉像人样的个性生活，多少变成法则和机械的奴隶，甚至自己变成机械的怪物，便无法喘息。既有留着八字须的所谓教育家的"教育机器"，在银行或公司里，风采装得颇为时髦的"计算机器"也不少。放眼一看，以劳动为享乐的人几乎没有，这便是今日的情形。这模样，又怎能寻出"生的欢喜"来？

人们若成了单为从外面逼来的力所动的机器的怪物，就是为人的最大苦痛了；反之，倘若因了自己的个性的内在要求所催促的劳动，那可常常是快乐，是愉悦。一样是搬石头种树木之类的造花园的劳动，在受着雇主的命令，或者迫于生活难的威胁，为了工钱而做事的花匠，是苦痛的。然而同是这件事，换作有钱的村翁为了自己内心的要求，自己去做的时候，那就明明是快乐，是消遣了。如此可见，在劳动和快乐之间，本没有是否工作的本质差异。换了话说，就是并非劳动这件事本身有苦患，最终带来苦患的只有从外面逼来的要求，即强制和压制。

生活在现代的人们的生活，和在街头拉着货车走的马匹是一样的。从外面想，那确乎是马拉着车罢。马这一面，也许有自以为自己拉着车走的意思。但其实是不然的。那并非马拉着车，却是车推着马使它走。因为倘没有车和轭的压制，马是没有流着大汗气喘吁吁地奔走的必要的。在现世上，从早到晚飞着人力车，自以为出色的活动家的那些能手之流，其实是度着和可怜的马匹相差一步的生活，只有自己不觉得，反而得意着罢了。

据席勒在那有名的《审美教育书简》里所讲的话，游戏是劳动者的意向和义务调和一致时候的活动。"人惟在游玩的时候才是完全的人"[1]这句话的意思，就是人们不受外在强制，只因自己内心的要求而动，为了自由的创造生活的才是游戏。世俗的那些贵劳动而贱游戏的话，若不是永远甘受着强制的奴隶生活被麻痹了的人们的谬见，便是专制主义者和资本家专为自己设想的任意的胡言。想一想罢，在人间，能有比自我表现的创造生活还要高贵的生活吗？

没有创造的地方就没有进化。凡是只被动于外在要求，重复着妥协和服从的生活，而忘却了个性表现的高贵的，便是几千年几万年之间，虽在现在，也还重复着往古生活的鸟兽之属。所以那些全然不想发挥自己本身的生命力，单给因袭束缚着，给传统拘囚着，模拟些先人做过的事，而坦然生活着的人们，在这一个意义上，就和动物同列，即使将这样的东西聚集了几千万，文化生活也不会成立的。

然而以上的话，也不过单就我们和外界的关系说。但这两种力的冲突，也不能说仅在自己的生命力和从外部而至的强制和压抑之间才能起来。人类在自己这本身中，就已经有着两个互相矛盾的要求。譬如我们有着要彻底为自己而生活的欲望，同时又有着人类既然是"社会的存在"（social being）了，那也就和什么家族呀、社会呀、国家呀等等调和一些的欲望。一面既有自由地满足自己的本能这一种欲求，而人类的本性既然是"道德的存在"（moral being），则别一面就该又有一种诉求，要将这样的本能压抑下去。即使不被外来的法则和因袭所束缚，也会用自己的道德来抑制管束自己要求的是人类。我们有兽性和恶魔性，但一起也有着神性；有利己主义的欲求，但一起也有着爱他主义的欲求。如果称那一种为生命力，则这一种也确乎是生命力的发现。这样子，精神和物质，灵和肉，理想和现实之间，有着不绝的不调和，不断的冲突和纠葛。所以生命力愈旺盛，这冲突这纠葛就该愈激烈。一面要积极地前进，别一面又消极地要将这阻住，压下。并且要知道，这想要前进的力，和想要阻止的力，就是同一的东西。尤其是倘若压抑强，则爆发性突进性即与压抑强度为比例，也更加强烈，加添了炽热的度数。将两者作几乎成正比例看，也可以的。稍为极端地说起来，也就不妨说，无压抑，即无生命的飞跃。

这样的两种力的冲突和纠葛，无论在内在生活上，在外在生活上，是古往今来所有的人们都曾经验的苦痛。纵使因了时代的大势，社会的组织，以及个人的性情，境遇的差异等，有些大小强弱之差，然而从原始时代以至现在，几乎没有一个不为这苦痛所恼的人们。古人曾将这称为"人生不如意"而叹息，也说"不从心的是人间世"。用现在的话来说，这便是人间苦，是社会苦，是劳动苦。厌生诗人莱瑙虽曾经将这称为世界苦恼，但都是名目虽异，而包含意义的内容，总不外是想要飞跃突进的生命力被与之相反的力压抑而生的苦闷和懊恼。

除了不耐这苦闷，或者绝望之极，否定了人生，至于自杀的之外，人们总无不想设些什么法，脱离这苦境，越过这障碍而突进的。于是我们的生命力，便宛如给磐石挡着的奔流一般，不得不成渊、成溪，取一种迂回曲折的行路。或则不能不尝那立马阵头，一面杀退几百几千的敌手、一面勇往猛进的战士一样的酸辛。这里有着要活的努力，同时也就生出人生的兴味来。要创造较好、较高、较自由的生活的人，是继续着不断的努力的。

所以单是"活着"这事，也就是在某种意义上的创造或创作。无论在工厂里做工，在账房里算账，在田里耕种，在市里买卖，既然无非是自己的生活力的发现，说这是某种程度的创造生活，自然是不能否定的。然而要将这些作为纯粹的创造生活，却还受着太多的压抑和制驭。为利害关系所烦扰，为法则所左右，有时竟显出不能挣扎的惨状来。但是，在人类的种种生活活动之中，独有一个毫无条件地专营绝对纯粹的创造生活的世界。那便是文艺的创作。

文艺是纯然的生命的表现；是能够全然离了外界的压抑和强制，站在绝对自由的心境上，表现出个性来的唯一的世界。忘却名利，除去奴隶根性，从一切羁绊束缚解放下来，这才能成文艺上的创作。必须进到那与留心着报章上的批评，算计着稿费之类的全然两样的心境，方能成就真正的文艺作品。这是因为，能做到仅被在自己的心里烧着的感激和热情所动，如同天地创造的曙神所做的一样的自我表现的世界，只有文艺而已。我们在政治生活、劳动生活、社会生活之类里遍寻不见的生命力的无条件的发现，只有在这里，完全存在。换句话说，是人类得以抛弃一切虚伪和敷衍，认真地诚实地活下去的唯一的生活。文艺之所以能占人类的文化生活的最高位，缘故也就在此。和这一比较，便也不妨说，此外的一切人类活动，全是将我们的个性表现加以减削、破坏、蹂躏的了。

那么，我在先前所说过的从压抑而来的苦闷和懊恼，和这绝对创造的文艺，究竟有着怎样的关系呢？以及，不但从创作家那一面，还从鉴赏作品的读者这一面说起来，人间苦和文艺的关系，应该怎样看待呢？我对于这些问题，当陈述自己的拙见之前，想要作为准备，先在这里引用的，是在最近的思想界得了很大势力的一个心理学说。

四　精神分析学

　　在觉察了单靠试管和显微镜的研究并不一定是达到真理的唯一的路，从实验科学万能的梦中将要醒来的近来学界上，那些带着神秘的、思索的以及浪漫色彩的种种学说，就很得了势力了。即如我在这里将要引用的精神分析学，以科学家的所说而论，也是非常异样的东西。

　　奥地利维也纳大学的精神病学教授弗洛伊德，和一个医生叫作布洛伊尔的，在1895年发表了一本《歇斯底里症研究》，1900年又出了有名的《梦的解析》，从此这精神分析的学说，就日见其多地提起学术界思想界的注意来。甚至还有人说，这一派的学说在新的心理学上，其地位等于达尔文的进化论之在生物学。——弗洛伊德自己夸这学说似乎是哥白尼"地心说"以来的大发现，这可是使人有些惶恐。——但姑且不论这些，这精神分析论设想之极为新奇的地方，以及有着丰富的暗示的地方，对于变态心理、儿童心理、性欲学等的研究，却实在开拓了一个新境界。尤其是最近几年来，这学说不但在精神病学上，而且在教育学和社会问题的研究上，也发生了影响；又因为弗洛伊德对于机智、梦、传说、文艺创作的心理之类，都加了一种的解释，所以在今日，便是文艺批评家之间，也很有应用这种学说的人们了，甚至连 Freudian Romanticism 这样奇特的新名词，也已听到了。

新的学说也难于无条件地被接受。精神分析学要成为学界的定说，大约总得经过许多的修正，此后还需不少的年月罢。就实际而言，这学说便是从我这样的门外汉的眼睛看来，也还有许多不完备和缺陷，有难于立刻首肯的地方。尤其是应用在文艺作品的说明解释的时候，更显出最甚的牵强附会的痕迹来。

弗洛伊德的所说，是从歇斯底里病人的治疗法出发的。他发见了从希腊的希波克拉底以来直到现在，使医家束手的莫名其妙的疾病"歇斯底里"，病源是在病人个人经历中的"精神的伤害"里，就是具有强烈的兴奋性的欲望，即性欲——他称为力比多，曾经因了病人自己的道德性，或者周围的事情，受过压抑和阻止，因此病人的内在生活上，便受了酷烈的创伤。然而病人自己，却无论在过去，在现在，都丝毫没有觉到。过去的苦闷和重伤，现在是已经逸出了他的意识圈外，自己也毫不觉得这样的苦痛了。虽然如此，病人的"无意识"或"潜意识"中，却仍有从压抑得来的酷烈的伤害正在内攻，宛如液体里的沉滓似的剩着。这沉滓现在来打动病人的意识状态，使他成为病人，还很搅乱他，这是弗洛伊德所觉察出来的歇斯底里的症状。

对于这病的治疗的方法，就是应该根据精神分析法，寻出那既是病源也是祸根的伤害究竟在病人过去阅历中的哪里，然后将它除去，绝灭。也就是将他被压抑的欲望极自由地发露表现出来，由此取去他剩在无意识界的底里的沉滓。这或者用催眠术，使病人说出在过去的经历中的自以为就是这一件的事实来；或者用了巧妙的问答法，使他极自由极开放地说完苦闷的原因，总之是因为直到现在还加着压抑的便是病源，所以要去掉这压抑，使他将欲望搬到现在的意识的世界来。如此除去了压抑的时候，那病也就一起医好了。

我在这里要引用一条弗洛伊德教授所发表的事例：

有一个生着很重的歇斯底里的年轻的女人。探查这女人的过去的经历，就有过下面所说的事。她和非常爱她的父亲死别之后不多久，她的姊姊就结了婚。但不知怎样，她对于她的姊夫却怀着莫名其妙的好意，互相亲近起来。然而说这就是恋爱之类，自然原是毫不觉到的。这其间，她的姊姊得病死去了。正和母亲一同旅行着、没有知道这事的她，待到回了家，刚站在亡姊的枕边的时候，忽而这样想：姊姊既然已经死掉，我就可以和他结婚了。

弟、妹和嫂嫂、姊夫结婚，在日本不算希罕，然而在西洋，是被看作不伦的事的。弗洛伊德教授的国度里不知怎样；若在英吉利，则近来还用法律禁止着，在戏剧、小说上都有。对于姊夫怀着亲密意思的这女人，当"结婚"这个观念突然浮上心头的时候，便跪在社会的因袭的面前，自己将这欲望压抑阻止了。会浮上"结婚"这个观念，她对于姊夫也许本非有意的罢。——这一派的学者将亲子之爱也看作性的欲望的变形，所以这女人许是失了异性的父亲的爱之后，便将这移到姊夫那边去。——然而这分明是恋爱，却连她自己也没有意识到。而且随着时光的经过，那女人已将这事完全忘掉；后来成了剧烈的歇斯底里病人，来受弗洛伊德教授的诊察的时候，连曾经有过这样的欲望的事情也想不起来了。在受着教授的精神分析治疗之间，这才被唤回到意识上来，用了非常的热情和兴奋来表现之后，这病人的病，据说即刻也痊愈了。这一派的学说，是将"忘却"也归在压抑作用里的。

弗洛伊德教授的研究发表以来，不但在欧洲，更在美洲尤其引起许多学者的注目。法兰西波尔多大学的精神病学教授雷吉斯有《精神分析论》之作，瑞士苏黎世大学的荣格教授则出版了《无意识心理学：性欲的变形和象征的研究，对于思想发达史的贡献》。前加拿大多伦多大学的教授琼斯又将关于梦和临床医学和教育心理之类的研究汇聚在《精神分析论集》里。同时，经由以青年心理学的研究在我国很出名的美国克拉克大学校长霍尔教授，或是也如弗洛伊德一样的维也纳的医生阿德勒这些人之手，这学说又有了不少的补足和修正。

从精神病学以及心理学角度看来，这学说的当否如何，是我这样的门外汉所不知道的。至于精细的研究，则我国也已有了久保博士的《精神分析法》和九州大学的榊教授的《性欲和精神分析学》这些好书，所以我在这里不想多说话。惟有作为文艺的研究者，看了最近出版的莫德尔的新著《在文学里的色情的动机》[2] 以及哈佛从这学说的见地来批评美国近代文学上写实派的翘楚，现在已经成了故人的哈维的书 [3]；且在去年，给学生讲莎士比亚的戏剧《麦克白》时，读了科里亚特的新论 [4]；此外，又读了些用同样的方法来研究斯特林堡 [5]、威尔斯 [6] 等近代文豪诸家的论文。那些书多属非常偏僻之谈，甚至还没有丝毫触着文艺上的根本问题，我很以为可惜。我想试将平日所想的文艺观——即生命力受了压抑而生的苦闷懊恼乃是文艺的根柢，而其表现法乃是广义的象征主义——现在就借了这新的学说，发表出来。和一般文艺家所做不同，这心理学说具有先前科学工作者一流的组织体制，这一点是我所看中的。

五 人间苦与文艺

从这一学派的学说，则在心理学家向来所说的意识和无意识（即潜意识）之外，还有位于两者中间的"前意识"。即便这人现在不记得，也并没意识到，但只要曾在自己的体验之内，就随时可以自发地想起，或者由联想法之类，能够很容易地拿到意识界来：这就是前意识。将意识比作戏台，则无意识就恰如在里面的后台。有如原在后台的戏子，走出戏台来做戏一样，无意识里面的内容，是支使着意识作用的，只是我们没有觉察着罢了。其所以没有觉察者，即因中间有着称为"前意识"的隔扇，将两者截然区分了的缘故。不使"无意识"的内容到"意识"的世界去，是有执掌监视作用的监督俨然地站在境界线上看守的。从那些道德、因袭、利害之类所生的压抑作用，须有了这监督才会有；由两种力的冲突纠葛而来的苦闷和懊恼，就成了精神伤害，被深深埋葬在无意识界里的尽头。在我们的体验的世界、生活内容之中，隐藏着许多沉痛的精神伤害，但意识里却并不觉着的。

然而这无意识心理却以可骇的力量支配着我们。在个人，则幼年时代的心理，直到成了大人的时候也还在有意无意之间作用着；在民族，则原始神话时代的心理，到现在也还于这民族有影响。——思想和文艺这一面的传统主义，也可以从这心理来研究的罢。荣格教授的所谓"集体无意识"以及霍尔教授的称为"民族心"者，皆即此。据弗洛伊德说，性欲决不是到青春期才显现。婴儿盯着母亲的乳房，女孩缠住异性的父亲，都已经有性欲在那里作用着。这一受压抑、并不记得的那精神的伤害，在成了大人之后，便变化为各样的形式而出现。弗洛伊德引来作例的是列奥纳多·达·芬奇 [7]。他的大作，被看作艺术界千古之谜的《蒙娜丽莎》的女人的微笑，经了考证，已指为是画家达·芬奇五岁时候就死别了的母亲的记忆。在俄国梅列日科夫斯基的小说《诸神的复活》中所描写的这文艺复兴期的大天才达·芬奇的人格，将现精神病研究学者解剖的结果，归在这无意识心理上，后期的科学研究热、飞机制造、同性爱、艺术创作等，也全都被归结到由幼年的性欲的压抑而来的"无意识"的潜在作用里去了。

不但是达·芬奇，这派的学者也用了同样的研究法尝试解释过莎士比亚的《哈姆雷特》剧，瓦格纳的歌剧，以及托尔斯泰和莱瑙。听说弗洛伊德又已立了计划，并将歌德也要动手加以精神解剖了。如我在前面说过的乌普瓦尔在克拉克大学所提出的学位论文《斯特林堡研究》，也就是最近的一例。

因了尽量满足欲望的力和与之相反的压抑力的纠葛冲突而生的精神伤害，潜藏在无意识界里这一点，即使单从文艺上的角度看来，弗洛伊德说并无可加异议的空间。但我最觉不满意的是他那将一切都归在"性的渴望"里的偏见，部分地单从一面来看事物的科学家癖。自然，对于这一点，即在同派的许多学者之间，似乎也有了各样的异论了。或者以为不如用"兴味"（interest）这字来代"性的渴望"；阿德勒则主张"自我冲动"，英吉利派的学者又想用哈密顿仿了康德所造的"意欲"（conation）这词来替换它。但在我自己，则有如这文章的冒头上就说过一般，以为将这看作在最广的意义上的生命力的突进跳跃，是妥当的。

着重于永是求自由求解放而不息的生命力，个性表现的欲望，人类的创造性，这倾向，是最近思想界的大势，在先也已说过了。这是对于前世纪以来的唯物观决定论的反动。以为人类为自然规律所左右、受支配于机械法则不能动弹的，是自然科学万能时代的思想。到了二十世纪，这就很失了势力，同时又有反抗因袭和权威、贵重自我和个性的近代精神步步占了优势，于是人的自由创造的力就被承认了。

既然肯定了这生命力，这创造性，则我们即不能不将这力和方向正相反的机械法则、因袭道德、法律拘束、社会生活难和此外各样的力之间所生的冲突，看为人间苦的根柢。

只要不是极度乐天的人，或脉搏减少了的老人，我们就不得不朝朝暮暮，经验这由两种力的冲突而生的苦闷和懊恼。换句话说，即无非是，"活着"这事，就是反复着这战斗的苦恼。我们的生活愈不肤浅，愈深，便比照着这深，生命力愈盛，便比照着这盛，这苦恼也不得不愈加其烈。在伏在心的深处的内在生活，即无意识心理的深处，是蓄积着极痛烈而且深刻的许多伤害的。一面经验着这样的苦闷，一面参与着悲惨的战斗，向人生的道路进行的时候，我们或呻，或叫，或怨嗟，或号泣，而同时也常有自己陶醉在奏凯歌的欢乐和赞美里的事。这发出来的声音，就是文艺。对于人生，有着极强的爱慕和执着，至于虽然负了重伤、流着血、苦闷着、悲哀着，然而放不下、忘不掉的时候，在这时候，人类所发出来的诅咒、激愤、赞叹、企慕、欢呼的声音，不就是文艺吗？在这样的意义上，文艺就是朝着真善美的理想，追赶向上的一路的生命的进行曲，也是进军的喇叭。响亮的闳远的那声音，有着贯天地动百世的伟力的所以就在此。

生是战斗。在地上受生的第一日，——不，从那最先的第一瞬，我们已经经验着战斗的苦恼了。婴儿的肉体生活本身，不就是和饥饿、细菌、冷热的不断的战斗吗？能够安稳平和地睡在母亲的胎内的十个月姑且不论，然而一离母胎，作为一个"个体存在物"（individual being）的"生"才要开始，战斗的苦痛就已成为难免的事了。和出生同时呱地啼泣的那声音，不正是人间苦的叫唤的第一声吗？出了母胎这安稳的床，遇到外界刺激的那瞬时发出的啼声，是立于生之阵前的勇猛怒吼呢，是苦闷的第一声呢，还是庆祝落地享受人生者的欢呼之声呢？这些姑且不论，总之那呱呱之声，在这样的意义上，是和文艺可以看作那本质全然一样的。于是为要免掉饥饿，婴儿便寻母亲的乳房，烦躁着，哺乳之后，则天使似的睡着的脸上，竟可以看出美的微笑来。这烦躁和这微笑，这就是人类的诗歌，人类的艺术。生力旺盛的婴儿，呱呱之声也闳大。在没有这声音，没有这艺术的，惟有"死"。

用什么美的快感呀、趣味呀等非常消极的宽泛的想法来解释文艺，已经是过去的事了。不知文艺是否不过是文酒之宴，或者是花鸟风月之乐，或者是给小姐们散闷的韵事，如果是站在文化生活的最高位的人类活动，那么，我以为除了还将那根柢放在生命力的跃进上来作解释之外，没有别的路。读但丁、弥尔顿、拜伦，或者对勃朗宁、托尔斯泰、易卜生、左拉、波德来尔、陀思妥耶夫斯基等的作品的时候，谁还有能容那样拙劣无聊的迂缓万分的消闲心的余地呢？我对于说什么文艺上只有美呀、有趣呀之类的快乐主义艺术观，要竭力地排斥。而于在人生的苦恼正甚的近代所出现的文学，尤其深切地感到这件事。情话式的游荡记录，不良少年的胡闹日记，文士生活的票友化，如果全是那样的东西在我们文坛上横行，那毫不容疑，是我们的文化生活的灾祸。因为文艺决不是俗众的玩弄物，乃是该严肃而且沉痛的人间苦的象征。

六　苦闷的象征

据和柏格森一样，确认了精神生活的创造性的意大利的克罗齐的艺术论说，表现乃是艺术的一切。就是说，表现并非单将从外界来的感觉和印象被动接收，乃是将收纳在内在生活里的那些印象和经验作为材料，来做新的创造创作。在这样的意义上，我就要说，上文所说的绝对创造的生活即艺术，就是苦闷的表现。

到这里，为了方便，我要回到弗洛伊德一派的学说去，并且引用他。也就是梦的解说。

说到梦，我的心头就浮出一句勃朗宁歌颂画家安德烈亚的诗来：

——Dream? strive to do, and agonize to do, and fail in doing.

——"梦？抢着去做，拼着去做，而做不成。"

这句子正合于弗洛伊德的"欲望说"。

据弗洛伊德说，力比多在平常觉醒状态时，因为受着那监督的压抑作用，所以并不自由地现到意识的表面。然而这监督的看守松懈时，即压抑作用减少时，就是睡眠的时候。力比多便趁着这睡眠的时候，跑到意识的世界来。但还因为要瞒过监督的眼睛，又不得不做出各样的胡乱的改装。梦的真正的内容——即常是躲在无意识深处的欲望，便将就近的顺便的人物、事件用作改装的道具，以不称身的服饰的打扮而出来。这改装便是梦的显在内容，而潜伏着的无意识心理的那欲望则是梦的潜在内容，也即是梦的思想。改装是象征化。

听说出去探查南极的人们，缺少了食物的时候，多数所梦见的东西是山海的珍味；又听说旅行非洲荒远沙漠的人夜夜走过的梦境，是美丽的故国的山河。不得满足的性欲冲动在梦中得了满足，甚至成为一种病态，这是不必听性欲学者的所说，世人也大抵知道的罢。这些是最适合于用弗洛伊德学说的场景，以梦而论，却是甚为单纯的。柏拉图的《理想国》、莫尔的《乌托邦》，以至现代所做的关于社会问题的各种乌托邦文学之类，都与将思想家的欲求，借了梦幻故事，照样表现出来的东西没有什么不同。这就是"潜在内容"的思想，用了极简单极明显的"显在内容"——外形——而出现的时候。

抢着去做、拼着去做、而做不成的那种企慕、那种欲求，若正是我们伟大生命力显现的精神欲求时，便是用绝对的自由表现出来的梦。这还不能看作艺术吗？柏格森也有梦的理论，以为精神活力具了感觉的各样形状而出现的就是梦。这一点，虽然和欲望说全然异趣，但两者之间，我以为也有着相通的处所的。

然而文艺怎么成为人类的苦闷的象征呢？为要使我对于这一端的见解更为分明，还有稍为借用精神分析学家的梦的解说的必要。

作为梦的根源的那思想即潜在内容，是很复杂而多方面的。从未识人情世故的幼年时代开始的经验，许多成为精神伤害，积蓄埋藏在"无意识"的圈里。其中的一些，成了梦而出现，但从"显在内容"这一面来说，却是被缩小为简单得多的东西了。倘将现于一场梦的戏台上的背景、人物、事件分析起来，再将各个头绪作为线索，向"潜在内容"那一面寻进去，在那里便能够看见非常复杂的根本。据说梦中之所以有意料不到的人物和事件的配搭，出奇的时代混乱的拼凑，就因为有这"压缩作用"的缘故。就像演戏时，将绵延三四十年的事象，仅用三四个小时的扮演便已表现了的一般；又如罗塞蒂的诗《白船》中所说，人在将要淹死的一刹那，就于瞬间看见自己的久远的过去的经历，也就是这作用。花山院的御制有云：

在未辨长夜的起讫之间，
梦里已见过几世的事了。

（《后拾遗集》十八）

即合于这梦的表现法的。

梦的世界又如艺术的境地一样，是尼采之所谓价值颠倒的世界。那里有着转移作用，在梦的外形即显在内容上，即使出现的事件不过一点无聊的情由，但那根本，却在于非常重大的思想。正如虽然只是使报纸的社会栏热闹些的市井琐事、邻近的夫妇的拌嘴，但经莎士比亚和易卜生的笔一描写，在戏台上开演的时候，就暗示出根柢中的人生的一大事实一大思想来。梦又如艺术一样，是一个超越了利害、道德等一切估价的世界。寻常茶饭的小事件，在梦中就如天下国家的大事似的办，或者正相反，即使是惊天动地的大事件，也可以当作平平常常的小事办。

这样子，在梦里也有和戏剧、小说一样的表现的技巧。事件展开，人物的性格显现。或写境地，或描动作。弗洛伊德称这作用为描写[8]。

29

所以梦的思想和外形的关系，用了弗洛伊德自己的话来说，则为"有如将同一的内容，用了两种语言来说出一样。换了话说，就是梦的显在内容者，即不外乎将梦的思想，移到别的表现法去的东西。那记号和连结，我们可由原文和译文的比较而知"[9]。这岂非明明是一般文艺的表现法的那象征主义（symbolism）吗？

有个别抽象的思想和观念，决不成为艺术。艺术的最大要素，是在具象性。即某种思想内容，经了具象的人物、事件、风景之类的生动的东西而被表现的时候；换了话说，就是和梦的潜在内容改装打扮后出现时，走着同一路径的东西，才是艺术。而赋与这具象性者，就称为象征（symbol）。所谓象征主义者，决非单是前世纪末法兰西诗坛的一派所曾经标榜的主义，凡有一切文艺，古往今来，是无不在这样的意义上，用着象征主义的表现法的。

在象征、内容和外形之间，总常有价值之差。即象征本身和凭借象征而表现的内容之间，有轻重之差，这是和上文说过的梦的转移作用完全一致的。用色彩来说，就和白色表纯洁清净，黑色表死和悲哀，黄金色表权力和荣耀似的；又如在宗教上最多的象征，十字架、莲花、火焰之类所取意的内容等，各各含有大神秘的潜在内容一样。就近世的文学而言，也有将易卜生《建筑大师》的主人公所要揭在高塔上的旗子解释作象征化了的理想，他那《幽灵》里的太阳则是表象个人主义的自由和美的。即，全是借了简单的具象的外形（显在内容），而在中心，却表显着复杂的精神的东西，理想的东西，或思想、感情等。这思想、感情，就和梦的时候的潜在内容相当。

外形稍为复杂的象征的东西，便是讽喻、寓言、比喻之类，这些都是将真理或教训，照样极浅显地嵌在动物寓言或人物故事上而表现的。但是，当那外形成为更加复杂的事象，备了强的情绪效果，带着刺激性质的时候，便成为很出色的文艺上的作品。但丁的《神曲》表示中世纪的宗教思想，弥尔顿的《失乐园》以文艺复兴以后的新教思想为内容，待到莎士比亚的《哈姆雷特》暗示而且表象了怀疑的烦闷，真的艺术品于是成功。[10]

照这样子，弗洛伊德教授一派的学者又来解释希腊索福克勒斯的大作，悲剧《俄狄浦斯王》，立了有名的"俄狄浦斯情节"说；又从民族心理这方面看，使古代的神话、传说的一切，都归到民族的美梦这一个结论了。

在内心燃烧着似的欲望，被压抑作用这个监督者所阻止，由此发生的冲突和纠葛，就成为人间苦。但是，如果说这欲望的力免去了监督者的压抑，以绝对的自由而表现的唯一的时候就是梦，则在我们的生活的一切别的活动上，即社会生活、政治生活、经济生活、家族生活上，我们能从常常受着的内在和外在的强制压抑中解放出来，以绝对的自由作纯粹创造的唯一的生活就是艺术。使从生命的根柢里发动出来的个性的力，能如间歇泉的喷出一般的发挥者，在人生惟有艺术活动而已。正如新春一到，草木萌动似的，禽鸟嘤鸣似的，被不可抑止的内在生命的力所逼迫，作自由的自我表现者，是艺术家的创作。在惯于单是科学地来看事物的心理学家的眼里，至于被看成"无意识"那么大而且深的有意识的苦闷和懊恼，其实是潜伏在心灵的深奥的圣殿里的。只有在自由的绝对创造的生活里受了象征化，文艺作品才成就。

人生的大苦患，大苦恼，正如在梦中，欲望便打扮改装着出来似的，在文艺作品上，则身上裹了自然和人生的各种事象而出现。以为这不过是外在情况的忠实描写和再现，那是谬误的皮相之谈。所以极端的写实主义和平面描写论，如作为空理空论则弗论，在实际的文艺作品上，乃是无意义的事。便是左拉那样主张极端的唯物主义的描写论的人，在他的著作《劳动》《繁殖》之类里所显示的理想主义，不就违背了他自己的观点吗？他不是将自己的欲望的终点这一理想，就在那作品里暗示着吗？如近时在德国所倡导的称为表现主义的那主义，要之就以文艺作品为不仅是从外界受来的印象的再现，乃是将蓄在作家的内心的东西，向外面表现出去。他那反抗向来的客观态度的印象主义而强调作家主观的表现的事，和晚近思想界的确认了生命的创造性的大势，该可以看作一致的罢。艺术，说到底是表现，是创造，不是自然的再现，也不是摹写。

倘不是将潜藏在潜在意识深海里的苦闷即精神伤害，象征化了的东西，即非大艺术。浅薄的浮面的描写，纵使巧妙的伎俩怎样秀出，也不能如真的生命的艺术似的动人。所谓深入的描写者，并非将败坏风俗的事象之类，详细地，单是表面地细细写出之谓；乃是作家将自己的心底的深处，深深地而且更深深地穿掘下去，到了自己的内容的深处更深处，从那里生出艺术来的意思。探检自己愈深，便比照着这深，那作品也愈高，愈大，愈强。人觉得深入了所描写的客观事象的深处，岂知这其实是作家将自己的心底极深地挖掘着，探检着呢。克罗齐之所以承认了精神活动的创造性，我以为也就是出于这样的意思。

不要误解，所谓显现于作品上的个性，决不是作家的小我，也不是小主观，也不得是执笔之初，有意识想要表现的观念或概念。倘是这样做成的东西，那作品便成了浅薄的做作物，里面就有牵强，有不自然，因此即不带着真的生命力的普遍性，于是也就欠缺足以打动读者的生命的伟力。在日常生活上，放肆和自由该有区别，在艺术也一样，小主观和个性也不可不有截然的区别。惟创作者有了竭力忠实地将客观外在原样再现出来的态度，才会从作家的无意识心理的深处，毫不勉强地，浑然地，不失本来地表现出他那自我和个性来。换句话，就是惟独如此，才发生了生的苦闷，自然而然地，象征化了的"心"成为"形"而出现。所描写的客观事象中，就包含着作家的真生命。到这里，客观主义的极致，即与主观主义一致，理想主义的极致，也与现实主义合一，真的生命的表现的创作于是成功。严格地区别着什么主观与客观，理想与现实，就是还没有达于透彻到和神的创造一样程度的创造的缘故。大自然大生命的真髓，我以为用那样的态度是捉不到的。

即使是怎样地空想到可笑的不可捉摸的梦，也一定是那人的经验的内容中的事物，各式各样地组合了而再现的。那幻想，那梦幻，总而言之，就是描写着藏在自己的胸中的心象。并非单是摹写，也不是模仿。创造创作的根本意义，即在这一点。

在文艺上设立起什么乐天观、厌生观，或什么现实主义、理想主义等类的分别者，要么就是还没有触到生命的艺术的根柢的，浮于表面皮相的议论。岂不是正因为有现实的苦恼，所以我们做快乐的梦，同时也做苦涩的梦吗？岂不是正因为有不满于现状的不断的欲求，所以既能变为梦见天国那样具足圆满境地的理想家，也能梦想地狱那样大苦患大懊恼的世界的吗？才子无所往而不可，在政治、科学、文艺一切上都发挥出超凡的才能，在别人的眼里，见得是十分幸福的生涯的歌德的经历中，苦闷也没有停歇。他自己说，"世人说我是幸福的人，但我却度了苦恼的一生。我的生涯，都献给一块一块筑起永恒的基础来这件事了。"从这苦闷出发，他的大作《浮士德》《少年维特之烦恼》《威廉·迈斯特的学习时代》，都化为梦而出现。投身于政争的混乱里，别妻者几回，自己又苦闷于失明的悲运的弥尔顿，做了《失乐园》，也做了《复乐园》。失了和贝雅特丽齐的恋，又为流放之身的但丁，则在《神曲》中，梦见地狱界、炼狱界和天堂界的幻想。谁能说失恋丧妻的勃朗宁的刚健的乐天诗观，并不是他那苦闷的变形转换呢？若在大陆近代文学中，则如左拉和陀思妥耶夫斯基的小说，斯特林堡和易卜生的戏曲，不就可以听作被世界苦恼的恶梦所魇的人的呻吟声吗？不是梦魇使他叫唤出来的可怕的诅咒声吗？

法兰西的拉马丁解说弥尔顿的著作时，表示《失乐园》是清教徒睡在《圣经》上时所做的梦，这实在不应该单看作形容的表达。这篇大叙事诗虽然以《圣经》开头的天地创造的传说为梦的显在内容，但在根柢里，作为潜在内容，则是苦闷的弥尔顿的清教思想。并不是撒旦和神的战争以及伊甸的乐园的叙述之类，打动了我们的心；打动我们的是经了这样的外形，传到读者的心胸里来的诗人的痛烈的苦闷。

在这一点上，无论是《万叶集》，是《古今集》，是芜村、芭蕉的俳句，是西洋的近代文学，在发生的根本上是没有本质的差异的。只有在古时候的和歌俳句的诗人——"戴着樱花，今天又过去了"的词臣，那无意识心理的苦闷没有像在现代似的痛烈，因而精神伤害也就较浅之差罢了。既经生而为人，那就无论在词臣，在北欧的思想家，或者在漫游的俳人，人间苦便都一样地在无意识界里潜伏着，而由此生出文艺的创作来。

我们的生活力，和侵进体内来的细菌作战。这战争成为病而被发现的时候，体温就异常之升腾而发热。正像这一样，动弹不止的生命力受了压抑和强制的状态，是苦闷，而于此也生热。热是对于压抑的反应作用；是对于action 的 reaction。所以生命力愈强，便比照着那强，愈盛，便比照着那盛，这热度也愈高。从古以来，许多人都会给文艺的根本加上各种名号。佩特称这为"有热情的观照"（impassioned contemplation），梅列日科夫斯基叫他"情想"（passionate thought），也有借了雪莱《致云雀》的末节的句子，名之曰"和谐的疯狂"（harmonious madness）的批评家。古代罗马人用以说出这事的是"诗的激奋"。只有话是不同的，那含义的内容，总之不外乎是指这热。莎士比亚却更进一步，有如下面那样地作歌。这是当作将创作心理过程最具诗意地说出来的句子，向来脍炙人口的：

The poet's eye, in a fine frenzy rolling,

Doth glance from heaven to earth, from earth to heaven;

And, as imagination bodies forth

The forms of things unknown, the poet's pen

Turns them to shapes, and gives to airy nothing

A local habitation and a name.

——*Midsummer Night's Dream,* Act v. Sc. i.

诗人的眼，在微妙地发狂地回旋，

瞥闪着，从天到地，从地到天；

而且提出未知的事物的形象来，作为想象的物体，

诗人的笔即赋与这些以定形，

并且对于空中的乌有，

则给以居处与名。

——《仲夏夜之梦》，第五场，第一段

在这节第一行的 fine frenzy，就是指我所说的那样意思的"热"。

然而热这东西，是藏在无意识心理深处的潜热。这要成为艺术品，还得受了象征化，取某种具象表现。上面的莎士比亚的诗的第三行以下，即可以当作指这象征化、具象化看的。详细地说，就是这经了目能见耳能闻的感觉的事象即自然人生的现象，而放射到客观界去。对于常人的眼睛所没有看见的人生的某种状态"提出未知事物的形象来，作为想象的物体"；抓住了空漠不可捉摸的自然人生

的真实，给与"居处与名"的是创作家。于是便成就了有极强的确凿的实在性的梦。现在的诗人（poet）这词，语源是从希腊语的 poiein=to make 来的。所谓"造"即创作者，也就不外乎莎士比亚之所谓"提出未知的事物的形象来，作为想象的物体，即赋与以定形"的事。

最初，是这经了具象化的心象（image），存在作家的胸中。正如怀孕一样，最初，是胎儿似的心象，不过为 conceived image。是西洋美学家之所谓"不成形的胎生物"(abortive conception)。既已孕了的东西，就不能不产出于外。于是作家遂被自我表现（self-expression or self-externalization）这个不得已的内在要求所逼迫，生出一切母亲都曾经验过一般的"生育的苦痛"来。作家的生育的苦痛，就是为了怎样将存在自己胸里的东西，炼成自然人生的感受事件，而放射到外界去；或者怎样造成一个理趣情景兼备的新的完全统一的小天地，人物事件，而表现出来的苦痛。这又如母亲们所做的一样，是作家分了自己的血，割了自己的灵和肉，作为一个新的创造物而产生。

又如经了"生育的苦痛"之后，产毕的母亲就有欢喜一样，在成全了自己生命的自由表现的创作者，也有离了压抑作用而得到创造上胜利的欢喜。从什么稿费、名声那些现实的外在满足所得的不过是快感（pleasure），但别有在更大更高地位的欢喜（joy），是一定和创造创作在一处的。

第二章

鉴赏论

一　生命的共感

　　以上为止，我已经从创作家这一面，论过文艺了。那么，倘从鉴赏者即读者、看客这一面看，又怎样说明那很深地伏在无意识心理的深处的苦闷的梦或象征，乃是文艺呢？

　　为要解释这一点，我须先说明艺术的鉴赏者也是一种创作家，以明创作和鉴赏的关系。

　　凡文艺的创作，在根本上，是和上文说过那样的"梦"同一的东西，却有比梦更多的现实性和合理性，不像梦一般支离灭裂而散漫，而是俨然统一了的事象，也是现实的再现。正如梦是潜伏在"无意识"心理的深层精神伤害一般，文艺作品则是潜伏在作家生活的内容深处的人间苦。所以经了描写在作品上的感观的、具象的事实而表现出来的东西，即更是本在内面的作家的个性生命、心、思想、情调、心气。换了话说，就是那些茫然不可捕捉的无形无色无嗅无声的东西，用了有形有色有嗅有声的具象的人物、事件、风景以及此外各样的事物，作为材料，而被表出。那具象的，感观的东西，即被称为象征。所以象征是暗示，是刺激，也是将沉在作家的内部生命深处的某种东西，传给鉴赏者的媒介物。

生命是遍在于宇宙人生的大生命。因为这是经由个人，成为艺术的个性而被表现的，所以那个性的另半面，也总得有大的普遍性。既为横目竖鼻的人，则不问古今，不问西东，无论是谁都有着共通的人性；或者既生在同时代，同过着苦恼的现代的生活，即无论为西洋人，为日本人，都苦恼于社会政治上的同样的问题；或者既然以同国度同时代同民族而生活着，即无论谁的心中，便都有共通的思想。在那样的生命的内容之中，即有人的普遍性共通性在。换句话说，就是人和人之间，是具有足以唤起生命的共感的共通内容存在的。那心理学家所称为"无意识""前意识""意识"那些东西的总量，用我的话来说，便是生命的内容。因为作家和读者的生命内容有共通性共感性，所以就因称为象征的这一种具有刺激性暗示性的媒介物的作用而起共鸣作用。于是艺术的鉴赏就成立了。

将生命的内容用别的话来说，就是体验的世界。这里所谓体验，是指这人所曾经深切感受过，想过，或者见过，听过，做过的事的一切；就是连同外在和内在，这人的曾经经验的事总量。所以所谓艺术的鉴赏，是以作家和读者间的体验的共通性共感性，作为基础而成立的。即在作家和读者的"无意识""前意识""意识"中，两边都有能够共通共感者存在。作家只要用了称为象征这一种媒介物的强力刺激，将暗示给与读者，便立刻应之而共鸣，在读者的胸中，也燃起一样的生命的火。只要单受了那刺激，读者也就自行燃烧起来。这就因为很深的沉在作家心中的深处的苦闷，也即是读者心中本已有了的经验的缘故。用比喻说，就如因为木材有可燃性，所以只要一用那等于象征的火柴，便可以从别的东西在这里点火。也如在毫无可燃性的石头上，不能放火一样，对于和作家并无可以共通共感的生命的那些俗恶无趣味无理解的低级读者，则纵有怎样的大著、杰作，也不能给与什么触动，纵使怎样的大天才大作家，对于这样的俗汉也就无法可施。要而言之，从艺术上说，这种俗汉乃是无缘的众生，难于超度之辈。这样的时候，鉴赏即全不成立。

这是很久以前的旧话了：曾有一个身当文教要职的人儿，头脑很旧，脉搏减少了的罢，他看了风靡那时文坛的新文艺的作品之后，说的话很糊涂。"冗长地写出那样没有什么有趣的话来，到了结末的地方，是仿佛骗人似的无聊的东西而已。"听说他还怪青年们有什么有趣，竟来读那样的小说哩。这样的老人——即使年纪轻，这样的老人世上多得很——和青年，即使生在同时代同社会中，因为体验的内容完全两样，其间就毫无可以共通共感的生活内容。这是欠缺鉴赏能成立的根本的。

这不消说，体验的世界是因人而异的。所以文艺的鉴赏，其成立在读者和作家两边的体验相近似，又在深、广、大、高，两边都相类似为唯一最大的必要条件。换了话说，就是两者的生活内容，在质和量都愈近似，那作品便完全被领会，在相反的时候，鉴赏即全不成立。

大艺术家所有的生活内容，包含着的东西非常大，也非常广泛。柯勒律治的评莎士比亚，说是"our myriad-minded Shakespeare"的缘故就在此。以时代言，是三百年前的伊丽莎白时代的作家，以地方言，是辽远的英吉利的外国人的著作，然而他的作品里，却包含着超越了时间、处所的区别，风动百世之人、声闻千里之外的东西。譬如即以他所描写的女性而论，如茱丽叶，如奥菲利娅，如鲍西娅，如罗瑟琳，如克莉奥佩特拉，这些女人，比起谢立丹所写的十八世纪式的女人，或者见于狄更斯，萨克雷的小说里的女人来，多是近代式的"新派"。本·琼生赞美他说，"He was not of an age but for all time"。真的，如果能如莎士比亚似的营那自由的大的创造创作的生活，那可以说，这竟已到了和天地自然之创造者的神相近的境地了。这一句话，在某种程度上，歌德和但丁那里也安得上。

但在非常超群的特异的天才，则其人的生活内容，往往竟和同时代的人们全然离绝，进向遥远的前面去。生在十八世纪的布莱克的神秘思想，从那诗集出来以后，几乎隔了一世纪，待到前世纪末欧洲的思想界出现了神秘象征主义的潮流，这才在人心上唤起反响。初期的勃朗宁或斯温伯恩全然不为世间所知，且当时的声望不及众多小诗人，就是因为已经进步到和那同时代的人们的生活内容，早没有可以共通共感的什么了的缘故。就因为超过那所谓"时代意识"已至十年，二十年；不，如布莱克似的，甚至照着一百年模样前进了的缘故。就因为早被那当时的人们还未在内在生活上感到的"生的苦痛"所烦恼，早已做着来世的梦了的缘故。

只要有共同的体验，则虽是很远的挪威国的易卜生的著作，因为同是从近代生活的经验而来，所以在我们的心底里也有反响。几千年前的希腊人荷马所写的特洛伊的战争和海伦、阿喀琉斯的故事，因为其中有着共通的人情，所以虽是二十世纪的日本人读了，也仍然为它所动。但倘要鉴赏那时代和处所极不同的艺术品，则须有若干准备，如靠着旅行和学问等的力量，调查作者的环境阅历，那时代的风俗习惯等，以补读者自己的经历的不足的部分；或者仗着自己的努力，即使只有几分，也须能够生在那一时代的氛围中才好。所以在并不作这样特别的努力，例如向来不做研究这类的事的人们，较之读荷马、但丁，即使比那些更不如，也还是近代作家的作品有趣；而且，即在近代，较之读外国的，也还是本国作家的作品有兴味者，那理由就在此。描写些多数人共通的肤浅平凡的经验的作家，却比能够表出高远复杂的类似冥想的深刻经验来的作家，能打动更多数的读者，也即缘于这理由。朗费罗和彭斯的诗歌，比起勃朗宁和布莱克的来，读的人更其多，被称为浅俗的白居易的作品，较之气韵高迈的高启等的尤为于多数者青睐的原因，也在这一点。

所谓弥尔顿为男性所读，但丁为女性所好；所谓青年而读拜伦，中年而读华兹华斯；又所谓童话、英雄传、冒险小说之类，多只为幼年、少年所爱好，不惹大人的兴趣等，这就全都由于内在生活的体验之差。这也因年龄，因性而异；也因国土，因人种而异。在毫没有见过日本的樱花的西洋人，即使读了咏樱花的日本诗人的名歌，较之我们从歌咏上得来的诗兴，怕连十分之一也得不到罢。在未尝见雪的热带国的人，雪歌怕不过是感兴很少的索然的文字罢。体验的内容既然不同，在那里所写的或樱或雪这一种象征，即全失了足以唤起那潜伏在鉴赏者的内在生命圈深处的感情、思想、情调的刺激的暗示性，或成了甚为微弱的东西。莎士比亚确是一个大作家。然而并无莎士比亚似的浪漫的生活内容的十八世纪以前的英国批评家，却绝不顾及他的作品。即在近代也一样，托尔斯泰和萧伯纳因为毫无浪漫的体验的世界，所以攻击莎士比亚；而正相反，如浪漫的梅特林克，虽然时代和国土都远不相同，却很动心于莎士比亚的戏剧。

二 自己发见的欢喜

　　到这里，我还得稍稍补订自己的用语。我在先使用了"体验""生活内容""经验"这些名词，只要生命有普遍性，则广义上的生命，当然能够立刻构成读者和作者之间的共通共感性。譬如生命的最显著的特征之一的律动（rhythm），无论怎样，总有从一人传到别人的性质。一面弹钢琴，只要不是聋子，听的人们也就在不知不识之间，听了那音而手舞足蹈起来。即使不现于动作，也在心里舞蹈。即因为叩击钢琴的键盘的音，有着刺激的暗示性，能打动听者生命的中心，在那里唤起新的振动的缘故。这就是生命这东西的共鸣，也是共感。

　　这样子，读者和作家的心境帖然无间的地方，有着生命的共鸣共感的时候，艺术的鉴赏即成立。所以读者、看客、听众从作家所得的东西，和对于别的科学家以及历史家、哲学家等的所说之处不同，乃是并非得到知识。是由了象征，即现于作品上的事象的刺激力，发见他自己的生活内容。艺术鉴赏的三昧境和法悦，即不外乎这自己发见的欢喜。就是读者也在自己的心的深处，发见了和作者借了称为象征这种刺激性暗示性的媒介物所表现出来的与自己的内在生活相共鸣的东西了的欢喜。正如睡魔袭来的时候，我用我这手拧自己的膝，发见自己是活着一般，人和文艺作品相接，而感到自己是在活着。详细地说，就是读者自己发现了自己的无意识心理——在精神分析学派的人们所说的意义上——的蕴藏；是在诗人和艺术家所挂的镜中，看见了自己的灵魂的姿态。因为有这镜，人们才能够看见自己的生活内容的各式各样；同时也得了最好的机会，使自己的生活内容更深，更大，更丰。

所描写的事象，不过是象征，是梦的外形。因了这象征的刺激，读者和作家两边的无意识心理的内容——即梦的潜在内容——这才相共鸣相共感。从文艺作品里渗出来的实感味就在这里。梦的潜在内容，不是上文也曾说过，即是人生的苦闷，即是世界苦恼吗？

所以文艺作品所给与的，不是知识（information）而是唤起作用（evocation）。刺激了读者，使他自己唤起自己体验的内容来，读者受了这刺激而自行燃烧，也是一种创作。倘说作家用象征来表现了自己的生命，则读者就凭了这象征，也在自己的胸中创作着。倘说作家这一面做着产出创作（productive creation），则读者就将这接纳，同时自己又做共鸣创作（responsive creation）。有了这二重的创作，才成文艺的鉴赏。

因为这样，所以能够享受那免去压抑的绝对自由的创造生活的，不光是作家。仅仅身为"人"而活着的几千万几亿万的普通人，也可以由作品的鉴赏，完全地尝到和作家一样的创造生活的境界。从这一点上说，则作家和读者之差，不过是是否自行将这象征化表现出来这一个分别。换了话说，就是文艺家做那凭着表现的创作，而读者则做凭着唤起的创作。我们读者鉴赏大诗篇、大戏剧时候的心情，和旁观着别人的舞蹈、唱歌时候，我们自己虽然不歌舞，但心中却也舞着，也唱着，是全然一样的。这时候，已经不是别人的舞和歌，是我们自己的舞和歌了。赏味诗歌的时候，我们自己也就已经是诗人，是歌人了。因为是过着和作家一样的创造创作的生活，而被拉进在摆脱压抑作用的梦幻幻觉的境界里。做了拉进这一项暗示作用的东西就是象征。

就鉴赏也是一种创作而言，其中以个性的作用为根柢的事自然是不消说。就是从同一的作品得来的感触和印象，又因各人而不同。换了话说，也就是经了一个象征，从这所得的思想、感情、心气等，都因鉴赏者自己的个性和体验和生活内容，而在各人之间，有着差别。将批评当作一种创作，当作创造的解释（creative interpretation）的印象批评，就站在这立场上。对于这一点，法国的布吕纳介的客观批评说和法朗士的印象批评说之间所生的争论，是在近代的艺术批评史上划出一个新时期的。布吕纳介原是同丹纳和圣勃夫一样，站在科学的批评的立场上，抱着传统主义的思想的人，所以就将批评的标准放在客观法则上，毫不顾及个性的尊严。法朗士却相反，和勒迈特以及佩特等，都说批评是经了作品而看见自己的事，偏着重于批评家的主观的印象。尽量地承认了鉴赏者的个性和创造性，甚至说出批评是"在杰作中的自己的精神的冒险"的话来。至于勒迈特，则更极端地排斥批评的客观标准，单置重于鉴赏的主观，将自我作为批评的根柢；佩特也在他的论文集《文艺复兴》的序文上，说批评是自己从作品得来的印象的解剖。布吕纳介一派的客观批评说，在今日已是科学万能思想时代的遗物，陈旧了。从无论什么都着重于个性和创造性的现在的思想倾向而言，我们至少在文艺上，也不得不和法朗士、勒迈特等的主观说一致。我以为王尔德说"最高的批评比创作更具创作性"[11]的意思，也就在这里。

　　说话不觉进了歧路了；因为作家所描写的事象是象

52

征，所以凭了从这象征所得的感触，读者就在自己的内在生命上点火，自行燃烧起来。换句话，就是借此发见了自己的体验的内容，得以体会到和创作者一样的心境。至于作这体验的内容者，则也必和作家相同，是人间苦，是社会苦。因为这苦闷，这精神伤害，在鉴赏者的无意识心理中，也作为沉滓而埋藏着，所以完全的鉴赏即生命的共鸣共感得以成立。

到这里，我就想起我曾经读过的波德莱尔的《巴黎的忧郁》里，有着将我所要说的事，譬喻得很巧的名为《窗户》的一篇来：

从一个开着的窗户外面看进去的人，决不如那看一个关着的窗户的见的事情多。再没有什么更深邃，更神秘，更丰富，更阴晦，更眩惑，胜于一支蜡烛所照的窗户了。日光底下所能看见的总是比玻璃窗户后面所映出的趣味少。在这或黑暗或光明的窗洞里，生命活着，生命梦着，生命苦着。

在波浪似的房顶那边，我望见一个已有皱纹的，穷苦的，中年的妇人，常常低头做些什么，并且永不出门。从她的面貌，从她的服装，从她的动作，从细枝末节，我纂出这个妇人的历史，或者说是她的故事。有时，我哭着给我自己述说它。

倘若这是个穷苦的老头子，我也能一样容易地纂出他的故事来。

于是我躺下，满足于我自己已经在旁人的生命里活过了，苦过了。

恐怕你要对我说："你确信这故事是真的吗？"在我生活以外的现实，无论如何又有什么关系呢，只要它帮助了我生活，帮助我感到我的存在和我的本质就足够了。

烛光照着的关闭的窗是作品。瞥见了在那里面的女人的模样，读者就在自己的心里做出创作来。其实是由了那窗那女人而发见了自己；在自己以外的别人里，自己生活着，烦恼着；并且对于自己的存在和生活，得以感知，深味。所谓鉴赏者，就是在他之中发见我，我之中看见他。

三　悲剧的净化作用

我讲一讲悲剧的快感，作为以上诸说的最适切的例证罢。人们的哭，是苦痛。但是特意出了钱，去看悲哀的戏剧，流些眼泪，又何以得到快感呢？关于这问题，古来就有不少的学说，我相信将亚里士多德在《诗学》里所说的那有名的"净化作用"之说，下文似的来解释，是最为妥当的。

据亚里士多德《诗学》上的话，所谓悲剧者，乃是催起"怜"（pity）和"怕"（fear）这两种感情的东西，看客凭了戏剧这一媒介物而哭泣，因此洗净他郁积纠结在自己心里的悲痛的感情，这就是悲剧所给与的快感的基础。先前紧张着的精神的状态，因流泪而和缓下来的时候，就生出悲剧的快感来。使潜伏在自己内在生活深处的那精神伤害即生的苦闷，凭着戏台上的悲剧这一媒介物，发露到意识的表面去。正与上文所说，医治歇斯底里病人的时候，寻出那沉在无意识心理深处的精神伤害来，使他尽量地表现，讲叙，将在无意识界的东西，移到意识界去的这一个疗法，是全然一样的。精神分析学者称这为谈话治疗法，但由我看来，毕竟就是净化作用，和悲剧的快感的时候完全相同。平日受着压抑作用，纠结在心里的苦闷的感情，到了能过绝对自由的创造生活的瞬间，即艺术鉴赏的瞬间，便被解放而出于意识的表面。古来就说，艺术给人生以安慰，固然不过是一种俗说，但要而言之，即可以当作就指这从压抑得了解放的心境看的。

假如一个冷酷无情的放高利贷的老头子，在剧场看见母子生离的一段，暗暗地淌下眼泪来。我们在旁边见了就稀奇，以为搜出了那冷血东西的肚子里的什么，才会有那样的眼泪。平日算计着利息成为财迷的时候，那感情是始终受着压抑作用的，待到因了戏剧这一象征的刺激性，这才被从无意识心理的深处唤出；那淌下的就无非是这感情的一滴泪。虽说是重利盘剥者，然而也是人。既然是人，就有人类的普遍的生活内容，不过平日为那贪心，受着压抑罢了。他流下泪来得了快感的刹那的心境，就是入了艺术鉴赏的三昧境，而在舞台中看见自己，在自己中看见舞台的欢喜。

文艺又因了象征的暗示性刺激性，将读者巧妙地引到一种催眠状态，使进幻想幻觉的境地；诱到梦的世界，纯粹创造的绝对境里，由此使读者、看客自己意识到自己的生活内容。倘读者的心底并无苦闷，这梦、这幻觉即不成立。

　　既名苦闷，则说苦闷潜藏在无意识中即不合理，那不过是诡辩家或是伦理游戏者的口吻罢了。荣格等之所谓无意识者，其实却是绝大的意识，也是宇宙人生的大生命。譬如我们拘守着小我的时候，才有"我"这一个意识，但如达了和宇宙天地浑融冥合的大我之域，也即入了无我的境界。无意识和这正相同。我们真是生活在大生命的洪流中时，即不会意识到这生命，也正如我们在空气中而并不会意识到空气一样。又像因了给空气以一些什么刺激动摇，我们才感到空气一般，我们也须受了艺术作品的象征的刺激，这才深深地意识到自己的内在生命。由此使自己的生命感更强，生活内容更丰富。这也就触着无限的大生命，达于自然和人类的真实，而接触其核心。

四　有限中的无限

上文曾说过，作为个性的根柢的那生命，即是遍在于全实在全宇宙的永远的大生命的洪流。所以在个性的另一面，总该有普遍性，有共通性。用譬喻说，则正如一棵树的花和果实和叶等，每一朵每一粒每一片，都各各尽量地保有个性，带着存在的意义。每朵花每片叶，各各经过独自的存在，然后就凋落。但因为这都是根本的那一棵树的生命，成为个性而出现的东西，所以在每一片叶，或每一朵花，每一粒果实，无不各有共通普遍的生命。一切的艺术鉴赏即共鸣共感，就以这普遍性、共通性、永久性作为基础而成立。比利时的诗人凡·莱伯格的诗歌中，曾有下面似的咏叹这事的句子：

> 我不是你们吗……
> 啊，我的晶莹的眼的光辉
> 和我的指尖所触的东西呵，
> 我不是你们吗？
> 你们不是我吗？
> 我所嗅的花呵，照我的太阳呵，

沉思的灵魂呵，

谁能告诉我，我在哪里终，

我从哪里起呢？

唉！我的心觉出到处

是怎样的无尽呵！

树呵，

你们的浆液就是我的血！

同一的生命在所有一切里，

像一条美的河流似的流着，

我们都是做着一样的梦。

——《夏娃之歌》

因为在个性的另一面里，又有生命的普遍性，所以能"我们都是做着一样的梦"。圣方济各的对动物说教，佛家以为狗子有佛性，都就因为认得了生命的普遍性的缘故罢。所以不但是在读者和作品之间的生命的共感，即对于一切万象，也处以这样的享乐般鉴赏般态度的事，就是我们的艺术生活。待到进了从日常生活上的道理、法则、利害、道德等等的压抑完全解放出来了的"梦"的境地，以自由的纯粹创造的生活态度，和一切万象相对的时候，我们这才能够真切地深味到自己的生命，而同时又倾耳于宇宙的大生命的鼓动。这并非如湖上的溜冰似的，毫不触着内部的深的水，却只在表面外面滑过去的俗物生活。待到在自我的根柢中的真生命和宇宙的大生命相交感，真的艺术鉴赏于是成立。这就不单是认识事象，乃是将一切收纳在自己的体验中而深味之。这时所得的东西，则非 knowledge 而是 wisdom，非 fact 而是 truth，而又在有限中见无限，在"物"中见"心"。这就是自己活在对象之中，也就是在对象中发见自己。立普斯一派的美学者们以为美感根柢的那"移情说"，也无非即指这心境。这就是读者和作家都一样地所度的创造生活的境地。我曾经将这事广泛地当作人类生活的问题，在另一小著 [12] 里说过了。

五　文艺鉴赏的四阶段

现在约略地立了秩序，将文艺鉴赏者的心理过程分解起来，我以为可以分作下面那样的四阶段：

第一　理智的作用

有如懂得文句的意义，或者追随内容的发展，有着兴趣之类，都是第一阶段。这时候为作用之主的，是理智的作用。然而单是这一点，还不成为真为艺术的文学。此外历史和科学的叙述，无论什么，凡是一切用言语来表现的东西，先得用理智的力来索解，这是不消说的。但是在所谓的文学作品之中，专以或者概以诉于理智的兴趣的种类的东西也很多。许多通俗的浅薄的，而且不能触着我们内在生命这一类的低级文学，大抵仅诉于读者的理智的作用。例如单以追随情节发展为目的而作的侦探小说、冒险故事、评书、下等的电影、报纸上的通俗小说之类，大概只要给满足了理智好奇心就算完事。用了所谓"要知后事如何且听下回分解"这好奇心，将读者绊住。还有以对于所描写的事象的兴趣为主的东西，也属于这一类。德国的学者称为"材料趣味"者，就是这个。或者描写读者所见所闻的人物、案件，或者揭穿黑幕；还有例如中村吉藏氏的剧本《井伊大老之死》，因为水户浪士的事件，报纸的社会栏上很热闹，于是许多人从这事的兴趣开始，便去读这书，看这戏：这就是感着和著作中的事象有关系的兴趣的。

对于真是艺术品的文学作品，低级的读者也不再往这第一阶段以上前进。无论读了什么小说，看了什么戏，单在情节上有好奇，或者专注于穿凿文句的意义的人们非常多。《井伊大老之死》的作者，自然是作为艺术品而写了这戏的，但世间一般的俗众，却单在内容相关的事件上被牵了注意去。所以无论是怎样出色的作品，也常常因读者的类别，而被抹杀了其艺术价值。

第二　感觉的作用

在五感之中，文学上尤其多的是诉于音乐、色彩之类的听觉和视觉。也有像那称为英文诗中最是官能的济慈的作品一样，试图刺激味觉和嗅觉的。又如神经异常锐敏了的近代的颓废派诗人，即和波德莱尔等属于同一系的诸诗人，则尚以单是视觉、听觉——色和音——为不足，至有想要诉于不快的嗅觉的作品。然而这可以说是异常的例子。在古今东西的文学中，最主要的感觉要素，那不待言，是诉于耳的音乐要素。

在诗歌上的格律（meter）、平仄、押韵之类，固然是最为重要的东西，然而诗人的声调，也占着艺术品的非常紧要的地位。凡抒情诗，即多置重于这音乐要素，例如爱伦·坡的《钟》，柯勒律治说是梦中成咏，且自己不知道什么时候写出的《忽必烈汗》等，都是诗句的意义——即上文所说的诉于理智的分子——几乎全没有，而以纯一的言语音乐，为作品的生命。又如法兰西近代的象征派诗人，则于此更加意，其中竟有单将美人的名字列举至五十多行，即以此做成诗的音乐的。[13]

也如日本的三味线和琴极为简单一样，因为日本人的对于乐声的耳的感觉，没有发达的缘故罢，日本的诗歌，是欠缺着在严格意义上的押韵的，——即使也有若干的例外。然而无论是韵文，是散文，如果是艺术品，即无不以声调之美为要素。例如：

杜鹃黎明时候的乱声里，

湖水是生了素波似的呀。

——与谢野夫人

耳中所受的感觉，已经有着得了音乐调和的声调之美，这就是作为叙景诗成功了的原因。

第三　感觉的心象

这并非立即诉于感觉本身，乃是诉于想象作用，或者唤起感觉的心象来。就是经过了第一的理智，第二的感觉等作用，到这里才使姿态、情景、声响等，都在心中活跃，在眼前栩栩如生。现在为方便起见，以俳句为例，则如：

鱼鳞满地的鱼市之后呵，夏天时候的月。

——子规

白天的鱼市散了之后，市场完全静寂。而在往来的人影也显得萧条的路上，处处散着银子似的白色鳞片，留下白昼的余痕。银鳞被月光映着，闪烁在夏天傍晚，诗人缓缓散步时候的情景，都浮在读者的眼前了。单是这一点，这十七字诗作为艺术品，就俨然地成功着。又如：

五月雨里，遮不住的呀，濑田的桥。

——芭蕉

近江八景之一，濑田的唐桥，当梅雨时节，在烟雾模糊中，漆黑地分明看见。这里暗示着墨画山水似的趣致。尤其第一第二两句的调子都恍惚，到第三句"濑田的桥"才见斤两的这一句的声调，就巧妙地帮衬着这暗示力。就是第二的感觉的作用，对于这俳句的鉴赏有着重大的帮助，心象和声调完全和谐，是常为必要条件之一的。

然而以上的理智作用、感觉作用和感觉的心象，大概从作品的技巧方面得来，但是这些，不过是能动意识的世界的比较表面的部分。换了话说，就是以上还属于象征的外形，只能造成在读者心中所架起的幻想梦幻的显在内容（即梦的外形）；并没有超出道理和物质和感觉的世界去。必须超出了那些，更加深邃地突进到读者心中深处的无意识心理，当刺激的暗示力触着了生命的内容的时候，直到在那里唤起共鸣共感来，文艺的鉴赏才成立。这就是打动读者的情绪、思想、精神、心气，这是作品鉴赏的最后的过程。

第四　情绪、思想、精神、心气

到这里，作者的无意识心理的内容，才传到读者那边，在心的深处的琴弦上唤起反响来，暗示遂达了最后的目的。经作品而显现的作家的人生观、社会观、自然观，或者宗教信念，进了这第四阶段，乃触着读者的体验的世界。

因为这第四者的内容，包含着对人类有意义的一切东西，所以正如人类生命内容的复杂程度一样复杂而且各样。要并无余韵地来说尽它，是我们所不能企及的。那美学家所说的美的感情——视鉴赏者心中的琴弦上所被唤起的震动的强弱大小之差，将这分为崇高（sublime）和优美（beautiful），或者从质的变化上着眼，将这分为悲壮（tragic）和诙谐（humour），并加以议论，就不过是想将这第四阶段分解说明的一种尝试。

凡属于艺术的文学作品的鉴赏，我相信必有以上四阶段。但这四阶段，也因作品的性质，而生轻重之差。例如在散文、小说，尤其是客观描写的自然派小说，或者纯粹的叙景诗（即如上面引用过的和歌俳句）等，则很着重第三为止的阶段。在抒情诗，尤其是在近代象征派的作品，则第一和第三很轻，而第二的感觉的作用立即唤起第四的情绪主观的震动。在易卜生一流的社会剧、问题剧、思想剧之类，第二的作用却轻。英吉利的萧伯纳，法兰西的布里厄的戏剧，并不充分地在读者、看客的心里唤起第三的感觉的心象来，而就想极露骨极直接地单将第四的思想传达，所以以纯艺术品而论，有时竟成了不很完全的一种宣传。又如浪漫派的作品，诉于第一的理智作用者最少；反之，如古典派，如自然派，则打动读者理智的事最大。

便是对于同一的作品，也因了各个读者，四阶段间生出轻重之差。既有如上文说过那样的低级的读者和看客对于戏剧、小说似的，专注于第一的理智作用，单想看些情节；也有只使第二第三来作用，竟不留意藏在作品背后的思想和人生观的。凡这些人，都不能说是完全地鉴赏了作品。

六 共鸣的创作

　　到这里，有必要将先前说过的创作家的心理过程和读者的来比较一回。诗人和作家的产出的表现的创作，和读者那边的共鸣的创作——鉴赏，那心理状态的经过，是取着截然相反的次序的。从作家心里的无意识心理深处涌出来的东西，凭了想象作用，成为某一个心象，又经感觉和理智的构成作用，具了象征的外形而表现出来的，就是文艺作品。但在鉴赏者这一面，却先凭了理智和感觉的作用，将作品中的人物、事象等，收纳在读者的心中，作为一个心象。这心象的刺激的暗示性又深邃地钻入读者的无意识心理深处，就在上文说过的第四的思想、情绪、心气等无意识心理深处所藏的生命之火上，点起火来。所以前者是发源于根本即生命的核心，而成了花、成了果实的东西；后者则从为花、为果实的作品，以理智感觉的作用，先在自己的脑里浮出一个心象来，又由这达到在根本处的无意识心理即自己生命的内容去。将这用图来显示则如下：

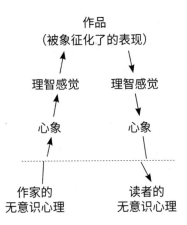

作品
（被象征化了的表现）

理智感觉　　理智感觉

心象　　　　心象

作家的　　　　读者的
无意识心理　　无意识心理

　　所以，作家的心理路径是综合的，也是能动的，读者的是分解的，也是被动的。将上面所说的鉴赏心理的四阶段颠倒来，看作从第四起，向着第一那方面进行，就成了创作者的心理过程。换了话说，就是从生命的内容突破到意识心理的表面的是作家的产出创作；从意识心理的表面进去，向生命的内容突进的是共鸣创作即鉴赏。所以作家和读者两方，只要帖然无间地反复了这一相同的心理过程，作品的全鉴赏就成立。

　　托尔斯泰在《艺术论》里，排斥了单以美和快感之类来说明艺术本质的自古以来的诸说，定下这样的断案：

一个人先在他自身里，唤起曾经经验过的感情来，在他自身里既经唤起，便用诸动作，诸线，诸色，诸声音，或诸以言语表出的形象，这样的来传这感情，使别人可以经验这同一的感情——这是艺术的活动。

艺术是人类活动，其中所包括的是一个人用了某种外在记号，将他曾经体验过的种种感情，有意识地传给别人，而且别人被这些感情所动，也来经验他们。

托尔斯泰的这一说法，固然是就艺术全体而言的。但倘若单就文学着想，更深更细地分析起来，则在结论上，和我前面所说的大概一致。

到这里，上文说过的印象批评的意义，也就自然明白了罢。文艺既然到底是个性的表现，则单用客观的理智法则来批判，是没有意义的。批评的根柢，也如创作的一样，在读者的无意识心理的内容，已不消说。须经过了理智和感觉的作用，更其深邃地到达了自己的无意识心理，将在这无意识界里的东西唤起，到了意识界，作品的批评才成立。作家因为原从无意识心理那边出来，所以对于自己的心理路径，并不分明地意识着。而批评家却相反，是因了作品，将自己的无意识界里所有的东西——例如看悲剧时的泪——重新唤起，移到意识界的，所以能将那意识——即印象——尽量地分解、解剖。阿诺德曾经说"以文艺为'人生的批评'"。但是文艺批评者，总须是批评家由了某种作品，说出批评家自己的"人生的批评"的东西。

第三章

关于文艺的
根本问题的考察

P74：文艺，是生命力以绝对的自由而被表现的唯一场合。

P85：因为文艺和梦一样，是取象征表现法的。

P95：在文艺的内容中，有着人类生命的一切。

一 作为先知的诗人

我相信将以上的所论作为基础，实际地应用起来，便可以解决一般文艺上的根本问题。现在要避去在这里一一列举许多问题之烦，单取了文学研究者至今还以为疑问的几个问题，来显示我那所说的应用的实例，其余的便任凭读者自己考察和批判去。本章所说的事，可以当作全是从以上说过的我那《创作论》和《鉴赏论》自然引申出来的推论看，也可以当作注疏看。

文艺，是生命力以绝对的自由而被表现的唯一场合。因为要跳进更高更大更深的生活去的那创造的欲求，不受什么压抑拘束地被表现着，所以总暗示着伟大的未来。因为自过去至现在持续不断的生命之流，惟独在文艺作品上，能施展在别处所得不到的自由的飞跃，所以能够比人类的其他活动——这都从周围受着各种的压抑——更能突出向前至十步，至二十步，而行所谓“精神冒险”。超越了常识和物质、法则、因袭、形式的拘束，在这里常有新的世界被发见，被创造。在政治上、经济上、社会上还未出现的事，文艺却早在作品里暗示着、启示着的缘由，即全在于此。

卡莱尔在那《论历史上的英雄、英雄崇拜和英雄业绩》和《彭斯论》中，曾指出拉丁语的 Vates 这词，最初是先知的意思，后来转变，也用到诗人这一个意义上去了。诗人，是先接了灵感，先知似的唱歌的人；也就是传达神托，将常人所还未感得的事，先行感得，而宣示于一代的民众的人。是和将神意传给以色列百姓的古代的先知一样的人物。罗马人将这字转用，甚至当作教师的意义用了的例子，则尤有很深的意味。诗人——先知——教师，这三样人物，都用 Vates 这一词说出来，于此就可以看见文艺家的伟大的使命了。

文艺上的天才，是飞跃突进的"精神冒险者"。然而正如一个英雄的事业后面，有着许多无名的英雄的努力一样，在大艺术家的背后，也不能否认其有"时代"，有"社会"，有"思潮"。文艺是尽量地个性表现的同时，其个性的另外半面，又有带着普遍性的普遍的生命。既然这生命遍在于同时代或同社会或同民族的一切的人们，则诗人自己作为先驱者而表现出来的东西，可见一代民心的归趣，暗示时代精神的所在，也是自然而然的结果。在暗示着更高更大的生活的可能性这一点上，文艺家就该如佩特所说似的，是"文化的先驱者"。

凡在一个时代一个社会，总有这一时代的生命，这一社会的生命继续着不断的流动和变化。这也是思潮的流动，是时代精神的变迁。这是为时运的大势所促，随处发动出来的力。当初几乎并没有什么整然的形，也不具体系，只是苍茫的不可捉摸的生命力。艺术家所表现的，就是这生命力，决不是固定了凝结了的思想，也不是概念；自然更不是可称作什么主义之类的性质的东西。即使怎样地加上压抑作用，也压镇、抑制不住，不到那要到的处所便不中止的生命力的具象表现，是文艺作品。虽然潜伏在一代民众的心胸深处，隐藏在那无意识心理的阴影里，尚只为不安焦躁之心所催促，而谁也不能将这捕捉住，表现出，艺术家却仗了特异的天才的力，给以表现，加以象征化而为"梦"的形状。赶早地将这把握得，表现出，反映出来的东西，是文艺作品。如果这已经编成一个有体系的思想或观念，便成为哲学，为学说；这思想和学说被实现于现实世界上的时候，则为政治运动，为社会运动，逸出艺术的圈外去了。这样的现象，是过去的文艺史屡次证明的事实，在法兰西革命前，卢梭等人的浪漫主义文学是其先驱；更近的事，则在维多利亚时代的保守贵族英国转化为现在的民主社会主义英国之前，自十九世纪末以来，已有萧伯纳和威尔斯的打破因袭的文学出现，比这更早时候，法兰西颓废派的文学已输入顽固的英国，近代英国的激变，早已明明白白地现于诗文上面了。日本的例也如此，《日本外史》这叙事诗是赖山阳的纯文艺作品，是明治维新的先驱；日俄战后所兴起的自然主义文学的运动，早就是最近的民主运动和打破因袭社会改造运动的先驱，这都是一无可疑的文明史事实。就文艺作品而论，最为原始而且简单的童谣和流行曲之类，是民众的自然流露的声音，其能洞达时势，暗示大势的潜移默化，不但外国的古代为然，即在日本的历史上，也是屡见的现象。古时，见于《日本书纪》的谣歌，就是纯粹的民谣，多为预言国民的吉凶祸福。一直到了近代，从德川末年至明治初年之间的民族生活动荡时代，流行曲之类是怎样成为痛切的时代生活的批评、预言、警告，即便是现在，不也还在我们的记忆中么？

美国某诗人的句子有云：

先得从民众的心里
跳出他要来唱歌的热情；
那（热情）是风，箜篌是他，

响出他们（热情）的繁变的好音。

——贝亚德·泰勒，《安兰的求婚》

　　热情先萌发于民众的心的深处，给以表现者，是文艺家。有如将不知所从来的风捕在弦上，以经线发出殊胜妙音的风弦琴一样，诗人也捉住了一代民心的暗涌，而给以艺术表现。是天才的敏锐感性，赶早地抓住了没有"在眼里分明看见"的民众的无意识心理的内容，将这表现出来。在这样的意义上，十九世纪初期的浪漫时代，见于雪莱和拜伦的革命思想，乃是一切近代史的预言；自此更以后的卡莱尔、托尔斯泰、易卜生、梅特林克、勃朗宁，也都是新时代的先知。

　　所以从因袭道德、法则、常识之类的立场看来，文艺作品也就有显得很粗暴的不合时宜的时候。但正在这超越了一切的纯一不杂的创造生活的所产这一点上，有着文艺的本质。是从天马行空似的天才的飞跃处，被看出伟大的意义来。

　　也如先知每不为故国所容一样，因为诗人大概是那时代的先驱者，所以被迫害、被冷遇的例子非常多。布莱克直到百年以后，才为世间所识，是最显著的一例；但如雪莱，如斯温伯恩，如勃朗宁，又如易卜生，那些革命的反抗态度的诗人先知，大抵将他们的前半生，或则全身世，都送在坎坷不遇之中的，更是不遑枚举了。即便是福楼拜，生前也全然不被欢迎，再如音乐巨匠瓦格纳，到得了巴伐利亚国王路德维希二世的知遇为止，早经过很久的飘零落魄的生涯之类，在今日看来，几乎是不可思议的事。

古人曾说，"民声，神声也"[14]。传神声者，代神叫喊者，是先知，是诗人。然而所谓神，所谓 inspiration（灵感）这些东西，在人类以外是不存在的。其实，这无非就是民众的内部生命的欲求；是潜伏在无意识心理的阴影里的"生"的要求。是在经济生活、劳动生活、社会生活、政治生活等场合的时候，受着物质主义、利害关系、常识主义、道德主义、因袭法则等压抑束缚的那内部生命的要求——换句话，就是那无意识心理的欲望，发挥出绝对自由的创造性，成为取了美梦之形的"诗"的艺术，而被表现。

因为称道无神论而被逐出大学，因为过激的革命论而失了恋爱，最终淹在斯佩齐亚的海里，完结了可怜的三十年短生涯的抒情诗人雪莱，曾有托了怒吹的西风披陈遐想的有名的大作，现在试看他那激调罢：

在宇宙上驰出我的死的思想去，

如干枯的树叶，来鼓舞新的诞生！

而且，仗这诗的咒文，

从不灭的火炉中，（撒出）灰和火星似的

向人间撒出我的许多言语！

经过了我的口唇，向不醒的世界

去作预言的喇叭罢！啊，风呵，

如果冬天到了，春天还会远吗？

——雪莱《西风颂》

　　自从革命诗人雪莱叫着"向不醒的世界去作预言的喇叭罢"这诗歌出来之后，经了一百余年的今日，布尔什维克主义已使世界战栗，叫改造、求自由的声音，连地球的两隅也遍及了。是世界的最大的抒情诗人的他，同时也是伟大先知里的一个。

二　理想主义与现实主义

有人说，文艺的社会使命有两方面。其一是时代和社会的诚实的反映，另一面是对于未来的预言使命。前者大抵是现实主义（realism）的作品，后者是理想主义（idealism）或浪漫主义（romanticism）的作品。但是从我的《创作论》的立场说，这样的区别几乎不足以成问题。文艺只要能够对于那时代那社会尽量深地穿掘进去，描写出来，连潜伏在时代意识社会意识的极深处的无意识心理都把握住，自然会暗示出对于未来的要求和欲望。离了现在，未来是不存在的。如果能够描写现在，深深地穿透到核心，达了常人凡俗之眼所不及的深处，这同时也就是对于未来的大的启示和预言。从弗洛伊德一派的学者为梦的解释而设的欲望说、象征说说起来，那想借梦以知未来的梦解梦（梦的解析），也不能以为一定不过是痴人的迷妄。同样，经了过去、现在而梦未来的正是文艺。倘真是突进了现在生命的中心，正因生命本身有着永久性、普遍性，则就该经了过去、现在而暗示出未来。用譬喻来说，就如名医诊察了人体，准确地看破了病源，知道了病苦的所在，则对于病的疗法和病人的要求，也就自然明白了。不知道为病人的未来考虑的疗法，是对于病人现在的病状，错了诊断的庸医的缘故。这是从我在先论的创作，提起左拉的著作那一段 [15]，也就明了的罢。单写现实，然而不尽他对于未来的预言使命的作品，毕竟证明这作为艺术品是并不伟大的，我想，这样说也未必是过分的话。

三 短篇"项链"

莫泊桑的短篇，而且有了杰作之一的定评的东西之中，有一篇《项链》。事情是极简单的——

一个小官的夫人，为着要赴晚宴，向熟人借了钻石的项链，去了。当夜，在回家的途中，却将这东西丢失。于是不得已，和丈夫商议，借了几千金，买一个照样的项链去赔偿。从此至于十年之久，为了还债，拼命地节俭，劳作着，所过的全是没有生趣的长久的时光。待到旧债渐得还清了的时候，详细查考起来，才知道先前所借的是假钻石，不过值到百数元钱罢了。

假使单看梦的外形的这事象，像这小说，实在不过是极无聊的一篇闲话罢。一切诗歌、戏剧、小说，之所以有着艺术创作价值，并不在所描写的事象是怎样。无论这是虚造，是事实，是作家的直接经验，或间接经验，是复杂，是简单，是现实的，是梦幻的，从文艺的本质说，都不是问题。可以成为问题的，是作为象征，有着多少刺激的暗示力这一点。作者取这事象做材料，怎样使用，以创造了那梦。作者的无意识心理深处，究竟潜藏着怎样的东西？这几点，才正是我们应当首先着眼的处所。这项链的故事，莫泊桑是从别人听来，或由想像造出，或采了直接经验，这些都且作为第二的问题；作家的给与这描写以惊人的现实性，巧妙地将读者引进幻觉的境地，暗示出刹那生命现象之"真"的这伎俩，就先使我们敬服。将人生的极嘲讽的悲剧的状态，毫不堕入概念哲理，暗示我们，使我们直观地、直接地、生动地接受，和生命现象之"真"相触，给我们写得可以达到上文说过的鉴赏的第四阶段的那出色的本领，就足以惊人了。这个闲话，毕竟不过是当作暗示工具用的象征。莎士比亚在那三十七篇戏剧里，是将胡说八道的历史故事、传说、妇女的胡诌、报纸上社会栏的记事似的闲谈作为材料，纵横无尽地成就了他的创造创作的生活的。

但莫泊桑倘若在最先，就想将那可以称为"人生的冷嘲（irony）"这一个抽象概念，有意识地表现出，于是写了这《项链》，则以艺术品而论，便简单得多，而且堕入低级的讽喻（allegory）式一类里，更不能显出那么强有力的现实性、实感味来，因此在作为"生命的表现"这一点上，一定是失败的了。怕未必能够使那可怜的官吏夫妇两个，活现地、各式各样地在我们的眼前活跃了罢。正因为在莫泊桑无意识心理中的苦闷，梦似的受了象征化，这一篇《项链》才能成为出色的活的艺术品，而将生命的震动，传到读者的心中，并且引诱读者，使他也做一样的悲痛的梦。

有些小说家，似乎竟以为倘不是自己的直接经验，便不能作为艺术品的材料。糊涂之至的谬见而已。设使如此，则为要描写窃贼，作家便该自己去做贼；为要描写害命，作家便该亲手去杀人了。像莎士比亚那样，从王侯到平民，从弑逆，从恋爱，从见鬼，从战争，从高利贷者，从什么到什么，都曾描写了的人，如果一一都用自己的直接经验来做去，不消说人生五十年，即使活到一百年一千年，也不是做得到的事。倘有描写了奸情的作家，能说那小说家是一定自己犯了奸的吗？只要描出的事象，俨然作为一个象征成功了，或者虽是间接经验，却也如直接经验一般描写着，或者虽是向壁虚造的杜撰，却也并不像向壁虚造的杜撰一般描写着，则这作品就有伟大的艺术价值。因为文艺和梦一样，是取象征表现法的。

关于直接经验，想起一些话来了。向来道心坚固地修行，度着极端的禁欲生活的和尚，却咏着俨然的恋歌。见了这个，疑心于这和尚私行的人很不少。虽是和尚，也是人类的儿子。即使直接经验上没有恋爱过，但在他的体验的世界里，也会有美人，有恋爱；尤其是在性欲上加了压抑作用，精神伤害自然有着的罢。我想，我们将这看作托于称为"歌"的一个梦之形而出现，是并非无理的。

再一想和尚的恋歌的事，就带起心理学者所说的二重人格和人格分裂这些话来了。就如那史蒂文森的杰作，有名的小说《化身博士》里面似的，同一人格，而可以看见善人的杰基尔和恶人的海德两个精神状态。这就可以看作我前面说过的两种力的冲突，受了具象化的。我以为所谓人的性格上有矛盾，最终可以用这人格的分裂、二重人格的方法来解释。一面虽然有着罪恶性，平日却总被压抑作用禁在无意识中，不现于意识的表面。然而一旦入了催眠状态，或者吟咏诗歌这些自由创造的境界的时候，这罪恶性和性渴望便突然跳到意识的表面，做出和那善人那高僧平日的意识状态不符的事，或吟出不相衬的歌来。如佛教上所谓"降魔"，如福楼拜的小说《圣安东尼的诱惑》里的场景，大约也就是精神伤害的苦闷，从无意识跳上意识来的精神状态的具象化。还有，平素极为沉闷的厌世的人们里，幽默作家却多，例如夏目漱石那样正经的阴郁的人，却是著《哥儿》和《我是猫》的幽默作家，如乔纳森·斯威夫特那样的人，却创作了《桶的故事》，又如据最近的研究，《道中膝栗毛》作者十返舍一九，是一个极其沉闷的人物。凡这些，我相信也都可以用人格分裂说来解释。这岂不是因为平素受着压抑，潜伏在无意识的圈内的东西，只在纯粹创造那文艺创作的时候，跳到表面，和自己意识联结了的缘故吗？精神分析学派的人们中间，也有并用此来解释犬儒主义（cynicism）之类的学者。

进行艺术创作的时候，用比喻来说，和酒醉时相同。血气方刚的员工在银行公司的办公室里，总是对着买办或分行长低头。这是因为不仅利害攸关，连年底的奖金也会有影响，所以自己加着压抑作用的。然而在宴席上，往往向买办或科长有所放肆者，总是酩酊的结果，利害关系和善恶批判的压抑作用都已除去，所以现出那真生命猛然跃出的状态来。至于到了明天，去到买办那里，在厨房门口向太太告罪并拜托成全的时候，是压抑作用又来加了盖子，塞了塞子，所以变成和前夜似像非像的别的人了。罗马人曾说，"酒中有真"。正如酩酊时候一样，艺术家当创作之际，则表现着纯真、最不虚假的自我。和政府御用报馆主笔做着社论时候的心理状态，是截然相反的。

四 白日的梦

自古以来，诗人和艺术家等的灵感之事屡屡被说起。译起来，可以说是"神来的灵兴"罢，并非这样的东西会从天而降，这毕竟还是对于从作家自身的无意识心理深处涌出来的生命的跳跃，所加的一个别名。是真的自我，真的个性。只因为这是无意识心理的所产，所以独为可贵。倘是从显在意识那样上层的表面的精神作用而来的东西，则那作品便成为虚物、虚事，更不能真将强有力的振动，传到读者的中心生命去。我相信那所谓"制作感兴"，也就是从无意识心理深处出来的东西。

作品倘真是作家的创造生活的所产，则作为对象而描写在作品里的事象，就是作家本人的生活内容。描写了"我"以外的人物事件，其实却正是描出"我"来。（鉴赏者也因得以"深味"这作品，而发现鉴赏者自己的"我"。）所以为研究某个作品，有知道那作家的阅历和经验的必要，同时凭了作品，能够知道作家这个人。哈里斯曾经试过，不据古书旧记之类，单凭莎士比亚的戏剧，来论断为"人"的莎士比亚。这虽然是足以惊倒历来专主考据的学究们的大胆的态度，但我相信这样的研究法有着十分的意义。和歌德的《少年维特之烦恼》一起，并翻那可以当作他的自传的《诗与真》，和卢梭的《新爱洛伊斯》这恋爱故事一起，并读他的《忏悔录》第九卷的时候，在实际生活上败于恋爱的这些天才的心底的苦闷，怎样地作为"梦"而象征化于那些作品里，大概就能够明白地知道了。

见了我以上所说，将文艺创作的心境，解释作一种梦之后，读者试去一查古来许多诗人和作家对于梦的经验如何着想，大概就有"思过半矣"的东西了。我从最近读过的与谢野夫人随笔集《爱、理性及勇气》这一本里，引用了下面的一节，以供参考之便：

虽然并没有古人似的在梦中感得好的诗歌那样的经验，然而将小说和童话的构想在梦里捉住的事，却是常有的。这些里面，自然也有空想的东西，大约因为在梦里，意识便集中在一处，辉煌起来了的缘故罢。不但是微妙的心理和复杂的生活状态，比醒着时可以更写实地观察，有时竟会适当地配好明暗度，分明地构成了一个艺术品，立体地浮现出来。我想，在这样的时候，和所谓人在做梦，并不是正睡着，乃是正做着身为艺术家的最纯粹的活动这些话，是相合的。

还有，平生惘然地想着的事，或者不知道怎么解释才好、没法对付的问题之类，有时也在梦中明明白白地有了判断。在这样的时候，似乎梦和现实之间，并没有什么界线。虽这样说，我是丝毫也不相信梦的，但小野小町爱梦的心绪，在我仿佛也能够想象了。

不单创作，鉴赏也须被引进和我们日常实际生活分开的"梦"的境地，才始成为可能。向来所说，文艺的快感中，无关心（disinterestedness）是要素，也就是指这一点。即惟其离了实际生活的利害，方能对现实来凝视、静观、观照，并且批评、玩味。譬如见了动物园里狮子的雄姿，联想到其咆哮山野时的生活，假使没有铁栅这一个间隔，我们便为了猛兽危险就要临头这恐怖之故，凝视静观狮子的姿态，也到底不可能了。因为这里有着铁栅，隔开彼我，置我们于无关心的状态，所以这艺术观照才成立。假如一个穿着时髦的惹厌的服饰的男人，绊在石头上跌倒了，这确乎是一场滑稽的场面。然而，倘使那人是自己的亲弟兄或是什么和自己之间有着利害关系或有实际上的interest，则我们岂不是不能将这当作一场痛快的滑稽戏吗？惟其和自己的实际生活之间，存着某种余裕和距离，才能够对于作为现实的这场面，深深地感受和赏味。用了引用在前的与谢野夫人的话来说，就是在"梦"中更能够写实地观察，更能够做出为艺术家的活动来。有人说过，五感之中，为艺术之根本的，只有视觉和听觉。就是这两种感觉不像味觉、嗅觉、触觉那样是直接的实际的，其间有距离存在；也就是视觉和听觉是隔着距离而触达的。纵使是怎样滑软的天鹅绒，可口的肴馔，决不是完全的诗，也决不是什么艺术品。厨子未必能称为艺术家。触觉、味觉里头，没有"间隔"，所以属于无法自行走进文艺领域的感觉。因为这要作为艺术，还过于肉感，过于实际；这和狮子的槛上没有铁栅时一样——以上的所谓"梦"，是说脱离"实际的"生活的意思。更加适当的说法，是"清醒者的白日的梦"，也就是诗人之所谓"waking dream"。

这"非实际"的事，能使我们脱离利己情欲及其他各样杂念之烦，因而营那绝对自由、不被拘囚的创造生活。凡有一切除去压抑而受了净化的艺术生活、批评生活、思想生活等，必以这"非实际的""非实利的"为最大条件之一而成立。见美人欲要为妻，见黄金想自己富，那是吾人实际生活上的心境，假使仅以此终始，则是动物生活，不是有着灵性精神的真正人类生活了。我们的生活，惟有从"实利""实际"经了净化，经了醇化，进到能够"离开看"的"梦"的境地，才能被增高，被加深，被增强，被扩大。将这浑沌的无秩序无统一的世界，观照为整然的有秩序有统一的世界者，只有在"梦的生活"中。拂去从"实际的"所生的杂念的乌云，进了那清朗一碧、宛如明镜止水的心境的时候，乃达于艺术观照[16]生活的极致。

这样子，在"白日的梦"里，我们的肉眼合，而心眼开。这就是入了静思观照的三昧境的时候。离开实行，脱却欲念，遁出外围的纷扰而所至的自由的美乡，则有睿智的灵光，宛然悬在天心的朗月，普照一切。这幻象，这情景，除了凭象征来表现之外，是别无他道的。

不但文学，一切的艺术创作，都是在看去似乎混沌的不统一的日常生活的事象上，认得统一，看出秩序来。仗着无意识心理的作用，作家和鉴赏者，都使自己的选择作用于动作。凭了人们各各的选择作用，从各样的地位，用各样的态度，那包含着统一的创造创作，就从这混沌的事象里就绪了。用浅近的例来说，譬如我的书斋里，原稿、纸张、文具、书籍、杂志、报章等等，纷然杂然地放得很混乱。从别人的眼睛看去，这状态确乎是混沌的。但是我，却觉得别人一旦进了这屋子里，即使单用一个指头动了一动，就不愿意。在这里，用我自己的眼睛看去，是有着俨然的秩序和统一的。倘若由使女的手一整理，则因为经了从别人的立场进行的选择作用之故，紧要的原稿误作废纸，书籍的排列改了次序，该在手头的却在远处了，于我就要感到非常之不便。换了地位和态度来看事物，因各人而有差异不待言，即在同一人，也能看出不同的统一。文艺的创作之所以竭力以个性为根基的原因就在此。譬如对于同样的景物，A 看来和 B 看来，所看取的东西就很两样。还有从东看的和从西看的，或者从左右上下，各因了位置之差，各行其不同的选择作用。这和虽是同一人看同一对象，从胯下倒看的风景，和普通直立着所见的风景全然异趣，是一样的。——顺便说，不知道"艺术地"来看自然人生形式那些法则万能主义者或道学先生之流，就如整理书斋的使女。什么也不懂，单靠着书籍的长短、颜色，或者单是用了因袭的想法，来定砚匣和烟草盒的位置，于是我这个私人书斋的真味，因此破坏。

五 文艺与道德

最后，我对于文艺和通常的道德的关系，再讲几句话："文艺描写罪恶，鼓吹不健全的思想，是不对的。""倘不是写些崇高的信念，健全的思想，岂不是就不能称为大作吗？"凡这些，都是没有彻底地想过文艺和人生的关系的人们所常说的话。只要看我以上的所述，这问题也该可以明白了。文艺，乃是生命这东西的绝对自由的表现；是离开了我们在社会生活、经济生活、劳动生活、政治生活等时候所见的善恶利害的一切估价，毫不受什么压抑作用的纯真的生命表现。所以是道德的或罪恶的，是美或是丑，是盈利或亏损，在文艺的世界里都无足轻重。人类这东西，具有神性，同时也具有兽性和恶魔性，因此不能否定在我们的生活上，有美的一面，同时也有丑的一面的存在。在文艺的世界里，也如对于丑尤其使美增重，对于恶特别将善高呼的作家之可贵一样，近代文学上特见其多的恶魔主义诗人——例如波德莱尔那样的《恶之花》的赞美者，自然派那样的兽欲描写的作家，也各有其十足的存在意义。文学不以 moral 为必要条件，同样，文学也不以 immoral 为必要。这就如上文所说，因为是站在全然离开了通用于"实际的"世界的一切价值判断立场的 nonmoral 的东西。[17]

问者也许说：那么，在历来的文学里，将杀人、淫猥、贪欲之类作为材料的罪恶的东西特别多，是什么缘故呢？从作家这一边说来，这就因为平时受着最多压抑作用的生命的危险性、罪恶性、爆发性的一面，有着单在文艺世界里自由地表现出来的倾向的缘故。又从读者也就是鉴赏者这一边说，则是因为惟有面对文艺作品的时候，存在于人性中的恶魔性、罪恶性乃离了压抑，于是和作品之间，起了共鸣共感，因而做着一种生命表现的缘故。只要人类的生命尚存，而且还有要求解脱的欲望，则对于那突破了压抑作用的所谓罪恶，兴味是永远不灭的。便是文艺以外的东西，例如见于电影、报章社会栏里的强盗、杀人、通奸等类的事件，不就是永远惹起人们兴味的么？法兰西的古尔蒙曾说，"有许多人都喜欢丑闻。就因为在别人丑行的败露上，各式各样地显现了那隐蔽着的自己的丑的缘故。"这就是我已经说过的那自己发见的欢喜的共鸣共感。

就这样，在文艺的内容中，有着人类生命的一切。不独善和恶、美和丑而已。和欢喜一起，也看见悲哀；和爱欲一起，也看见憎恶。和心灵的叫喊一起，也可以听到不可遏抑的欲望的叫喊。换句话，就是因为和人类生命的飞跃相接触，所以这里有道德和法律所不能拘的流动无碍的新天地存在。深的自我省察，真的实在观照，岂非都须进了这毫不为什么所囚的"离开看"的境地，才成为可能吗？——在这一点上，科学和文学都一样。就是科学也还是和"实际""实用"的事离开着看的东西。两点之间的最短距离是直线，劣币驱逐良币，科学的理论这样说。然而这是否是道德的，是善还是恶，科学都不问。为"理论"（theory）这词的语源的希腊语 Theōria，是静观、凝视、观照的意思，而这又和"剧场"（Theatron）出于同一语源，从这一点来看，也是颇有兴味。

六　酒与女人与歌

在如上的意义上，"为艺术的艺术"这一主张，是正当的。惟在艺术为艺术而存在，能营自由的个人的创造这一点上，艺术真是"为人生的艺术"的意义也存在。假如要使艺术隶属于人生的别的什么目的，则这一刹那间，即使不过一部分，艺术的绝对自由的创造性也已经被否定，被毁损。那么，即不是"为艺术的艺术"，同时也就不成为"为人生的艺术"了。

希腊古代的阿那克里翁的抒情诗，波斯古诗人欧玛尔·海亚姆的四行诗，所歌的都是从酒和女人得来的刹那的欢乐。中世纪欧洲大学的青年学生，则说是"酒，女人，与歌"。将这三种的享乐，合为一而赞美之。诚然，这三者确有古往今来始终使道学先生们颦蹙的共通性。酒和女人是肉感的，歌（即文学）是精神的，都是在得了生命的自由解放和昂奋跳跃的时候，给与愉悦和欢乐的东西。寻起那根柢来，也就是出于离了日常生活的压抑作用的时候，有意识或无意识地，即使暂时，也想借此脱离人间苦的一种痛切的欲求。也无非是酒精陶醉和性欲满足，都与文艺的创作鉴赏相同，能使人离了压抑，因而尝得畅然的"生的欢喜"，经验着"梦"的心理状态的缘故。但这些都太偏于生活的肉感感觉方面，亦不过是瞬息的无聊的浅薄的昂奋，这一点，和歌即文艺，性质是完全两样的。[18]

第四章

文学的起源

P100: 所谓生活着，即是寻求着。

P104: 诗是个人的梦，神话是民族的梦。

一　祈祷与劳动

一切东西的发展都是从单纯进向复杂的。所以要明白某一事物的本质，便该先去追溯本源，回顾其在最真纯而且简单的原始时代的状态。

所谓生活着，即是寻求着。在人类的生活上，是一定有些什么缺陷和不满的。因此凡那想方设法来弥补这缺陷和不满的欲求，也就可以看作生命的创造性。有如进了僧院，专度着禁欲生活的修道之士，乍一看去，似乎是断绝了一切欲求和欲望的了，但其实并不如此。他们是为更大的欲望所动，想借脱离现世的肉欲和物欲之流，以寻求真的自由和解放，进到具足圆满的超然新生活境界去。极端和极端，往往是相似的，生的欲求至于极度强烈者，岂不是竟有绝了生命本身的自杀行为，来使这欲求得以满足的时候吗？

缺陷和不满，就是生命的力在内在和外在两面都被压抑阻止着的状态，也就是人类的懊恼和苦闷。个人的生活，是欲望和满足的无限连续，得一满足，便再生出其次的新的欲望来，于是从其次又到其次，无穷无尽地接下去。人类的历史也一样，从原始时代以至今日，不，更向着未来永劫，这状态也还是永久地反复着的。

为想解脱那压抑所生的苦闷，寻求畅然自由的生命的表现，而得到"生的欢喜"，原始时代的人类是怎么做的呢？和文明的进步一同，我们的生活，也就在精神和物质两方面都增起复杂度来，所以在现代，以至在未来，和变化的增加一同，也越发加多复杂性。但人类生命的本来要求没有变，换了话说，就是在根本上并不变化的人性既然俨然存在，则见于原始人类的单纯生活的现象，便是在现在，在未来，也还是永久地反复着的。

表现欧洲中世纪本尼狄克派修道院生活的描述里，有一句是"祈祷和劳动"。这所指的生活，和在日本的禅院里，托钵的和尚将衣食住一切事，也和坐禅以及勤行一同，作为宗教的修养，以虔敬的心，自行处理的事，是一样的。和这相仿的，也可以想到过了极简单的生活的原始人类去。原始时代的人们，为满足那切近的日常生活上的衣食住之类的物质欲求，去做打猎耕田的劳动，另一面又跪在古怪的异教神们的座下，向木石所做的偶像叩头。在这时代，作为生命宇宙的发现，最显著地牵惹他们的眼睛的有两样。换句话，就是他们将这两者作为对象，而描写其"梦"。这两者就是日月星辰和作为性欲的表象的生殖器。在露天底下起卧，无昼无夜地，他们仰看天体，于是梦着主宰宇宙的不变的法则，和无始无终的悠久的世界；也认知了人类所无可奈何的极大的无限。转眼一看自己，则想到身内燃烧着的烈火似的欲望，以性欲为中心，达于白热化。在为人类生活意志的最强烈表现的那食欲和性欲之中，他们又知道前者即使不完全，也还借劳动可以得到，后者的欲求却尤为强有力的东西了。因为在两性相交而创造一个新的生命借此保存种族这一个事实之前，他们是不禁生了最大的惊叹的。

二　原始人的梦

他们将这两个现象放在两个极端，在那中间，"梦"见森罗万象，对之赞颂、礼拜、唱赞美歌、诵咒文、做祈祷。将自己生命的要求和欲望，向这些客观界的具象事物放射出去，以行极其幼稚简单的表现。生的跃动，使他们身处有限界而神往无限界，使他们希求极大的欲望的满足的时候，就生出原始宗教中形式最普通的天然神教和生殖器崇拜教来。倘将那因为欲求受了制限压抑而生的人间苦，和原始宗教，更和梦与象征，加了联络，思索起来，则聪明的读者，就该明白文艺起源，究在那里的罢。在原始时代，宗教祭仪和文艺的关系，显然是姊妹，是兄弟。所谓"一切艺术生于宗教的祭坛"这句话的意思，也就可以明白了。无论在日本，在中国，在埃及、希腊，在印度、巴勒斯坦，或者在如今仍是原始状态的蛮民的国土里，这种现象，都是可以指点出来的事实。

在原始状态的人类的欲求，极其简单，而那表现也极其单纯。先从日常生活上的功利欲求发端，于是成立简单的梦。譬如苦于干旱、求雨心切的时候，偶然望见云霓，则他们便祈天；祈天而雨下，则他们又奉献感谢和赞美。

谷物、牲畜为水害、风灾所夺的时候，则他们诅咒这自然现象，但同时也必非常恐怖、畏惧的罢。因为他们对于自然力，抵抗的力量很微弱，所以无论对于地水火风，对于日月星辰，只是用了感谢、赞叹或者诅咒、恐怖的感情去相向，于是乎星辰、太空、风、雨，便都成了被诗化、被象征化的梦而被表现。尤其是，在原始人类的幼稚的头脑里，自己和外界自然物的差别很不分明，因此就以为森罗万象都像自己一般的活着，而且还看出万物的喜怒哀乐之情来。殷殷的雷鸣，当作神的怒声，瞻望着鸟啼花放，便以为是春之女神的消息。是将这样的感情，这样的想象，作为一个摇篮，而诗和宗教这双胞胎，就在这里生长了。

比这原始状态更进一步去，则加上智力的作用，起了好奇心，也发了模仿欲。先前的畏敬和恐怖，一转而为无限的信仰，也成为信赖。无论看见火，看见生殖器，看见猴子臀部的通红的地方，都想考究那些的由来，加上理由去，而终于向之赞颂，渴仰，崇拜。寻起根本来，也就是生命的自由的飞跃因为受了阻止和压抑而生苦闷，即精神的伤害，这无非就是从那伤害发生出来的象征的梦。是不得满足的欲求，不能原样地移到现实世界去的生的要求，变了形态而被表现的东西。诗是个人的梦，神话是民族的梦。

从最为单纯的原始状态看起来，祈祷礼拜时候的心绪，和文艺创作鉴赏时候的心境，是这样明显地一致，而且能够看见共通性。

—— 终 ——

注释

[1] 参照拙著《出了象牙之塔》一七四页《游戏论》。

[2] *The Erotic Motive in Literature.* By Albert Mordell. New York, Boni and Liveright.1919.

[3] *William Dean Howells: A Study of the Achievement of a Literary Artist.* By Alexander Harvey. New York, B.W. Huebsch.1917.

[4] *The Hysteria of Lady Macbeth.* By I. H. Coriat. New York, Moffat, Yard and Co.1912.

[5] *August Strindberg, a Psychoanalytic Study.* By Axel Johan Uppvall. Poet Lore, Vol. XXXI. No.1. Spring Number.1920.

[6] H.G.Wells and His Mental Hinterland. By Wilfrid Lay. The Bookman（New York）,for July 1917.

[7] Sigmund Freud, Eine Kindheitserinnerung des Leonardo da Vinci.Leipzig u.Wien, Deutsche.1910.

[8] 关于以上的作用 , 详见 Sigm. Freud, *Die Traumdeutung,* S. 222—272。

[9] *op. cit.* S.222.

[10] 参照拙著《近代文学十讲》第十讲第三节。Silberer, Problems of Mysticism and its Symbolism, New York, Moffat, Yard and Co.1917. 这一部书也是从精神分析学的见地写成的，关于象征和寓言和梦的关系，可以参照同书的 Part I, Sections I, II ; Part II , Section I.

[11] The highest Criticism is more creative than creation。参照 Wilde 的论文集《意向》(Intentions) 中的《为艺术家的批评家》。

[12] 参照拙著《出了象牙之塔》中《观照享乐的生活》。

[13] Catulle Mendès, Récapitulation,1892.

[14] Vox populi, vox Dei.

[15] 参照本书《创作论》第六章后半。

[16] 参照拙著《出了象牙之塔》说"观照"的意义这一项。

[17] 参照拙著《出了象牙之塔》中《观照享乐的生活》第一节。

[18] 参照拙著《文艺思潮论》六七页以下。

附录一：鲁迅先生手记

初版引言

去年日本的大地震，损失自然是很大的，而厨川博士的遭难也是其一。

厨川博士名辰夫，号白村。我不大明白他的生平，也没有见过有系统的传记。但就零星的文字里掇拾起来，知道他以大阪府立第一中学出身，毕业于东京帝国大学，得文学士学位；此后分住熊本和东京者三年，终于定居京都，为第三高等学校教授。大约因为重病之故罢，曾经割去一足，然而尚能游历美国，赴朝鲜；平居则专心学问，所著作很不少。据说他的性情是极热烈的，尝以为"若药弗瞑眩厥疾弗瘳"，所以对于本国的缺失，特多痛切的攻难。论文多收在《小泉先生及其他》《出了象牙之塔》及殁后集印的《走向十字街头》中。此外，就我所知道的而言，又有《北美印象记》《近代文学十讲》《文艺思潮论》《近代恋爱观》《英诗选释》等。

然而这些不过是他所蕴蓄的一小部分，其余的可是和他的生命一起失掉了。

这《苦闷的象征》也是殁后才印行的遗稿，虽然还非定本，而大体却已完具了。第一分《创作论》是本据，第二分《鉴赏论》其实即是论批评，和后两分都不过从《创作论》引申出来的必然的系论。至于主旨，也极分明，用作者自己的话来说，就是"生命力受了压抑而生的苦闷懊恼乃是文艺的根柢，而其表现法乃是广义的象征主义"。但是"所谓象征主义者，决非单是前世纪末法兰西诗坛的一派所曾经标榜的主义，凡有一切文艺，古往今来，是无不在这样的意义上，用着象征主义的表现法的"。（《创作论》第四章及第六章）

作者据伯格森一流的哲学，以进行不息的生命力为人类生活的根本，又从弗罗特一流的科学，寻出生命力的根柢来，即用以解释文艺，——尤其是文学。然与旧说又小有不同，伯格森以未来为不可测，作者则以诗人为先知，弗罗特归生命力的根柢于性欲，作者则云即其力的突进和跳跃。这在目下同类的群书中，殆可以说，既异于科学家似的专断和哲学家似的玄虚，而且也并无一般文学论者的繁碎。作者自己就很有独创力的，于是此书也就成为一种创作，而对于文艺，即多有独到的见地和深切的会心。

非有天马行空似的大精神即无大艺术的产生。但中国现在的精神又何其萎靡锢蔽呢？这译文虽然拙涩，幸而实质本好，倘读者能够坚忍地反复过两三回，当可以看见许多很有意义的处所罢：这是我所以冒昧开译的原因，——自然也是太过分的奢望。

文句大概是直译的，也极愿意一并保存原文的口吻。但我于国语文法是外行，想必很有不合轨范的句子在里面。其中尤须声明的，是几处不用"的"字，而特用"底"字的缘故[1]。即凡形容词与名词相连成一名词者，其间用"底"字，例如 social being 为社会底存在物，Psychische Trauma 为精神底伤害等；又，形容词之由别种品词转来，语尾有 -tive，-tic 之类者，于下也用"底"字，例如 speculative, romantic, 就写为思索底，罗曼底。

在这里我还应该声谢朋友们的非常的帮助，尤其是许季黻君之于英文；常维钧君之于法文，他还从原文译出一篇《项链》给我附在卷后，以便读者的参看；陶璿卿君又

1　"底"在现代中文里多有固定的词对应，为不影响阅读流畅性，本书正文部分已统一修改。——新版编者注

特地为作一幅图画，使这书被了凄艳的新装[2]。

　　一九二四年十一月二十二日之夜，鲁迅在北京记。

译《苦闷的象征》后三日序

　　这书的著者厨川白村氏，在日本大地震时不幸被难了，这是从他镰仓别邸的废墟中掘出来的一包未定稿。因为是未定稿，所以编者——山本修二（一八九四—一九七六，日本戏剧评论家。京都帝国大学毕业，曾任京都大学教授。著有《英美现代剧的动向》《演剧与文化》等。）氏——也深虑公表出来，或者不是著者的本望，但终于付印了。本来没有书名，由编者定名为《苦闷的象征》，其实是文学论。

　　这共分四部：第一创作论，第二鉴赏论，第三关于文艺的根本问题的考察，第四文学的起源。其主旨，著者自己在第一部分第四章中说得很分明："生命力受压抑而生的苦闷懊恼乃是文艺的根柢，而其表现法乃是广义的象征主义。"

2　《项链》译文和图画，因版权未明，故缺失。——新版编者注

因为这于我有翻译的必要，我便于前天开手了，本以为易，译起来却也难。但我仍只得译下去，并且陆续发表：又因为别一必要，此后怕于引例之类要略有省略的地方。

省略了的例，将来倘有再印的机会，立誓一定添进去，使他成一完书。至于译文之坏，则无法可想，拼着挨骂而已。

一九二四年九月二十六日　鲁迅。

（发表于一九二四年十月一日《晨报副镌》）

第二章第二节　自己发见的欢喜　译者附记

波特来尔的散文诗，在原书上本有日文译；但我用Max Bruno 德文译一比较，却颇有几处不同。现在姑且参酌两本，译成中文。倘有哪一位据原文给我痛加订正的，是极希望、极感激的事。否则，我将来还想去寻一个懂法文的朋友来修改他；但现在暂且这样的敷衍着。

十月一日，译者附记。

（发表于一九二四年十月二十六日《晨报副镌》）

第二章第四节　有限中的无限　译者附记

法文我一字不识，所以对于 Van Lerberghe 的歌无可奈何。现承常维钧君给我译出，实在可感；然而改译波特来尔的散文诗的担子我也就想送上去了。想世间肯帮别人的忙的诸公开之，当亦同声一欢耳。

十月十七日，译者附记。

（发表于一九二四年十月二十八日《晨报副镌》）

第二章第六节　共鸣的创作　译者附记

先前我想省略的，是这一节中的几处，现在却仍然完全译出，所以序文上说过的"别一必要"，并未实行，因为译到这里时，那必要已经不成为必要了。

十月四日，译者附记。

（发表于一九二四年十月三十日《晨报副镌》）

附录二：译名对照表

对照表按词语在文中出现顺序排列

本书译法	对应原文	鲁迅原译
布吕纳介	F. Brunetière	勃廉谛尔
柏格森	H. Bergson	伯格森
叔本华	A. Schopenhauer	勖本华尔
尼采	F. Nietzsche	尼采
萧伯纳	Bernard Shaw	培那特萧
《人与超人》	*Man and Superman*	《人与超人》
卡朋特	E. Carpenter	嘉本特
罗素	B. Russell	罗素
《社会改造原理》	*Principles of Social Reconstruction*	《社会改造的根本义》
生的欢喜	joy of life	生的欢喜
席勒	Fr. von Schiller	希勒垒尔
《审美教育书简》	*Briefe iiber die Aesthetische Erziehung des Menschen*	《美底教育论》
意向	Neigung	意向
义务	Pflicht	义务
社会的存在物	social being	社会底存在物
道德的存在物	moral being	道德底存在物
莱瑙	N. Lenau	来瑙

本书译法	对应原文	鲁迅原译
世界苦恼	Weltschmerz	世界苦恼
思索的	speculative	思索底
浪漫的	romantic	罗曼底
精神分析学	Psychoanalysis	精神分析学
弗洛伊德	S. Freud	弗罗特
布洛伊尔	J. Breuer	勃洛耶尔
《歇斯底里症研究》	*Studien iiber Hysterie*	《歇斯迭里的研究》
《梦的解析》	*Die Traumdeutung*	《梦的解析》
达尔文	Ch. Darwin	达尔文
哥白尼	N. Copernicus	哥白尼
希波克拉底	Hippocrates	希波克拉第斯
精神的伤害	Psychische Trauma	精神底伤害
雷吉斯	Régis	莱琪
荣格	C.G.Jung	永格
琼斯	E. Jones	琼斯
霍尔	G. Stanley Hall	荷耳
阿德勒	A. Adler	亚特赉
莎士比亚	W. Shakespeare	沙士比亚
《麦克白》	*Macbeth*	《玛克培斯》
斯特林堡	A. Strindberg	斯忒林培克
威尔斯	H. G. Wells	威尔士
前意识	Preconscious, Vorbewusste（德）	前意识

本书译法	对应原文	鲁迅原译
监督	Censor, Zensur (德)	监督
集体无意识	the Collective Unconscious	集合底无意识
民族心	Folk-soul	民族心
《蒙娜丽莎》	*Mona Lisa*	《穆那里沙》
梅列日科夫斯基	D. S. Merezhkovski	梅垒什珂夫斯奇
《诸神的复活》	*The Forerunner*	《先驱者》
《哈姆雷特》	*Hamlet*	《哈谟列德》
瓦格纳	R. Wagner	跋格纳尔
托尔斯泰	L. N. Tolstoi	托尔斯泰
歌德	W. von Goethe	瞿提
兴味	interest	兴味
自我冲动	Ichtrieb	自我冲动
哈密顿	W. Hamilton	哈弥耳敦
康德	I. Kant	康德
意欲	conation	意欲
个体存在物	individual being	个体底存在物
但丁	A. Dante	但丁
弥尔顿	J. Milton	弥耳敦
拜伦	G. G. Byron	裴伦
勃朗宁	R. Browning	勃朗宁
易卜生	H. Ibsen	伊孛生
左拉	E. Zola	左拉

本书译法	对应原文	鲁迅原译
波德莱尔	C. Baudelaire	波特来尔
陀思妥耶夫斯基	F. M. Dostojevski	陀思妥夫斯奇
克罗齐	B. Croce	克洛契
显在内容	manifeste Trauminhalt	显在内容
潜在内容	latente Trauminhalt	潜在内容
梦的思想	Traumgedanken	梦的思想
柏拉图的《理想国》	Platon's Republica	柏拉图的《共和国》
莫尔的《乌托邦》	Th. More's Utopia	摩耳的《乌托邦》
精神活力	Energie spirituel	精神底活力
压缩作用	Verdichtungsarbeit	压缩作用
罗塞蒂	D. G. Rossetti	罗舍谛
《白船》	*the White Ship*	《白船》
转移作用	Verschiebungsarbeit	转移作用
描写	Darstellung	描写
象征主义	symbolism	象征主义
象征	symbol	象征
《建筑大师》	*The Master Builder*	《建筑师》
《幽灵》	*Ghosts*	《游魂》
讽喻	allegory	讽喻
寓言	fable	寓言
比喻	parable	比喻

本书译法	对应原文	鲁迅原译
《神曲》	*Divina Commedia*	《神曲》
《失乐园》	*Paradise Lost*	《失掉的乐园》
索福克勒斯	Sophokles	梭孚克里斯
间歇泉	geyser	间歇泉
内在生命	inner life	内底生命
《劳动》	*Travail*	《工作》
《繁殖》	*La Fécondité*	《蕃茂》
表现主义	Expressionismus	表现主义
印象主义	Impressionismus	印象主义
表现	Expression	表现
《浮士德》	*Faust*	《孚司德》
《少年维特之烦恼》	*Die Leiden des jungen Werthers*	《威绥的烦恼》
《威廉·迈斯特的学习时代》	*Wilhelm Meisters Lehrjahre*	《威廉玛思台尔》
《复乐园》	*Paradise Regained*	《复得的乐园》
贝雅特丽齐	Beatrice	毕阿德里契
拉马丁	A. M. L. de Lamartine	拉玛尔丁
《圣经》	*Bible*	《圣书》
清教思想	Puritanism	清教思想
佩特	Walter Pater	沛得
有热情的观照	impassioned contemplation	有情热的观照
情想	passionate thought	情想

本书译法	对应原文	鲁迅原译
雪莱	P. B. Shelley	雪莱
《致云雀》	*To a Skylark*	《云雀歌》
和谐的疯狂	harmonious madness	谐和的疯狂
诗的激奋	furor poeticus	诗底奋激
心象	image	心象
不成形的胎生物	abortive conception	不成形的胎生物
自我表现	self-expression or self-externalization	自己表现
快感	pleasure	快感
欢喜	joy	欢喜
体验	Erlebnis	体验
柯勒律治	S. T. Coleridge	科尔律支
茱丽叶	Juliet	藉里德
奥菲利娅	Ophelia	乌斐理亚
鲍西娅	Portia	波尔谛亚
罗瑟琳	Rosalind	罗赛林特
克莉奥佩特拉	Cleopatra	克来阿派忒拉
谢立丹	R. B. Sheridan	勖里檀
狄更斯	Ch. Dickens	迭更斯
萨克雷	W. M. Thackeray	萨凯来
本·琼生	Ben Jonson	般·琼生
布莱克	W. Blake	勃来克
斯温伯恩	A. Ch.Swinburne	斯温班

本书译法	对应原文	鲁迅原译
荷马	Homer	荷马
海伦	Hellen	海伦
阿喀琉斯	Achilles	亚契来斯
朗费罗	H. W. Longfellow	朗斐罗
彭斯	R. Burns	朋士
华兹华斯	W. Wordsworth	渥特渥思
梅特林克	M. Maeterlinck	默退林克
律动	rhythm	律动
知识	information	知识
唤起作用	evocation	唤起作用
产出创作	productive creation	产出创作
共鸣创作	responsive creation	共鸣创作
创造的解释	creative interpretation	创造底解释
法朗士	A. France	法兰斯
丹纳	H. A. Taine	泰纳
圣勃夫	Ch. A. Sainte-Beuve	圣蒲孚
勒迈特	M. J. Lemaitre	卢美忒尔
自我	Moi	自我
《文艺复兴》	*Renaissance*	《文艺复兴》
王尔德	Oscar Wilde	淮尔特
《巴黎的忧郁》	*Petites Poèmes en prose*	《散文诗》
《窗户》	*Les fenêtres*	《窗户》

本书译法	对应原文	鲁迅原译
亚里士多德	Aristotélēs	亚里士多德
《诗学》	*Peri Poietikês*	《诗学》
净化作用	catharsis	净化作用
怜	pity	怜
怕	fear	怕
凡·莱伯格	Charles Van Lerberghe	望莱培格
圣方济各	St. Francis	圣弗兰希斯
有限	finite	有限
无限	infinite	无限
立普斯	Th. Lipps	列普斯
移情说	Einfühlung	感情移入的学说
理智	intellect	理知
理智好奇心	intellectual curiosity	理知底好奇心
材料趣味	Stoffinteresse	材料兴味
官能的	sensuous	官能的
济慈	John Keats	吉兹
颓废派	decadence	颓唐
格律	meter	律脚
爱伦·坡	Edgar Allan Poe	亚伦坡
《钟》	*Bells*	《钟》
《忽必烈汗》	*Kubla Khan*	《忽必烈可汗》
崇高	sublime	崇高

本书译法	对应原文	鲁迅原译
优美	beautiful	优美
悲壮	tragic	悲壮
诙谐	humour	诙谐
震动	vibration	震动
布里厄	E. Brieux	勃里欧
宣传	propaganda	宣传
阿诺德	Matthew Arnold	亚诺德
人生的批评	a criticism of life	人生的批评
推论	corollary	系论
精神冒险	spiritual adventure	精神冒险
卡莱尔	Th. Carlyle	嘉勒尔
《论历史上的英雄，英雄崇拜和英雄业绩》	*On Heroes, Hero-Worship and the Heroic in History*	《英雄崇拜论》
《彭斯论》	*An Essay on Burns*	《朋士论》
卢梭	J. J.Rousseau	卢梭
流行曲	Hayariuta	流行曲
谣歌	Wazauta	谣歌
风弦琴	Aeolian lyre	风籁琴
敏锐感性	sensibility	锐敏感性
天马似的	Pegasus	天马似的
福楼拜	G. Flaubert	孚罗培尔
路德维希	Ludwig	路特惠锡
现实主义	realism	现实主义

本书译法	对应原文	鲁迅原译
理想主义	idealism	理想主义
浪漫主义	romanticism	浪漫主义
莫泊桑	Guy de Maupassant	摩泊桑
《项链》	*La Parure*	《项链》
嘲讽的	ironical	冷嘲的
冷嘲	irony	冷嘲
讽喻	allegory	讽喻
二重人格	double personality	二重人格
史蒂文森	R. L. Stevenson	奇提芬生
《化身博士》	*Dr. Jekyll and Mr.Hyde*	《化身博士》
《圣安东尼的诱惑》	*La Tentation de Saint Antoine*	《圣安敦的诱惑》
厌世的	misanthropic	憎人的
斯威夫特	J. Swift	斯惠夫德
《桶的故事》	*Tale of a Tub*	《桶的故事》
酒中有真	In vino veritas	酒中有真
制作感兴	Schaffens stimmung	制作感兴
哈里斯	Frank Harris	哈里斯
《诗与真》	*Dichtung und Wahrheit*	《诗与真》
《新爱洛伊斯》	*Julie, ou la nouvelle Héloïse*	《新爱罗斯》
《忏悔录》	*Les Confessions*	《自由》
无关心	disinterestedness	无关心

本书译法	对应原文	鲁迅原译
实际的	practical	实际的
古尔蒙	Remy de Gourmont	古尔蒙
丑闻	scandal	丑闻
理论	theory	理论
剧场	Theatron	戏场
为艺术的艺术	L'art pour L'art	为艺术的艺术
阿那克里翁	Anakreon	亚那克伦
欧玛尔·海亚姆	Omar Khayyam	阿玛凯扬
酒，女人，与歌	Wein, Weib, und Gesang	酒，女人，与歌
本尼狄克	Benedikt	培内狄克
祈祷和劳动	orare et laborare	祈祷和劳动

图书在版编目（CIP）数据

苦闷的象征 /（日）厨川白村著；鲁迅译. -- 南京：
江苏凤凰文艺出版社，2024.1
ISBN 978-7-5594-8445-1

Ⅰ.①苦… Ⅱ.①厨… ②鲁… Ⅲ.①文艺评论—日
本—现代—文集 Ⅳ.① I313.065-53

中国国家版本馆 CIP 数据核字（2024）第 001318 号

苦闷的象征
厨川白村 著　鲁迅 译　陈智仁 编校

出 版 人	张在健
策　　划	万有清澄
监　　制	于 桐
责任编辑	唐 婧
装帧设计	林 林
责任印制	刘 巍
出版发行	江苏凤凰文艺出版社
	南京市中央路 165 号，邮编：210009
出版社网址	http://www.jswenyi.com
印　　刷	苏州市越洋印刷有限公司
开　　本	787 毫米 ×1092 毫米 1/32
印　　张	4.25
字　　数	68 千字
版　　次	2024 年 1 月第 1 版
印　　次	2024 年 1 月第 1 次印刷
标准书号	ISBN 978-7-5594-8445-1
定　　价	39.00 元